U0132609

廣州話普通話圖文對照手冊

張冠雄　李春普　李姍姍　沈敏瑜 著

商務印書館

廣州話普通話圖文對照手冊

編　著：張冠雄　李春普　李姍姍　沈敏瑜
責任編輯：鄒淑樺
封面設計：涂　慧
出　版：商務印書館（香港）有限公司
香港筲箕灣耀興道 3 號東滙廣場 8 樓
http://www.commercialpress.com.hk
發　行：香港聯合書刊物流有限公司
香港新界大埔汀麗路 36 號中華商務印刷大廈 3 字樓
印　刷：中華商務彩色印刷有限公司
香港新界大埔汀麗路 36 號中華商務印刷大廈
版　次：2017 年 6 月第 1 版第 1 次印刷

ISBN 978 962 07 0502 1
Printed in Hong Kong

出版說明

香港中文大學雅禮中國語文研習所的老師總結多年的普通話粵語雙語教學經驗，分析比較普粵兩者的詞彙差異和使用習慣，從學生語言習得中發現了一些有趣的語言現象，歸納出一些普遍規律，本書選取了生活中的常見詞彙編寫成冊。

書中分析詞義，模擬情景對話，搭配幽默漫畫，比較解説普粵詞彙的異同。普粵詞彙有些區別明顯，有些則差別細微，兩相比較學習，饒有趣味。粵語一個顯著特點是，留存的古詞或古義較多，當中有不少獨特的、表現力強的詞彙，這些在普通話中不再使用了。例如書中指出：普通話中的腿，是小腿和大腿的總稱；腳是指足。而粵語中的，腳除了指足以外，還包括了小腿，《説文解字》:「腳，脛也。」指「小腿」，因此有「腳長」的説法。《韓非子 . 難言》也説「孫子臏腳于魏」。粵語中的髀（肶）指的是膝蓋以上的大腿。當年劉備久不騎馬，髀肉復生，就是大腿的肉長出來了。「髀」在普通話的口語已經不用了，但在香港的茶餐廳，客人可以點「雞髀飯」，用普通話説出來就得説「雞腿飯」。

本書使用耶魯拼音注音，耶魯拼音最早用於耶魯大學出版社於 1973 年出版的 *Speak Cantonese I*，流通廣泛，特別是海外。粵語注音系統另有五種，分別是：1941 年黃錫凌編著《粵音韻彙》使用的語音系統、廣東省教育行政部門以普通話拼音系統為基礎公佈的《廣州話拼音方案》、劉錫祥（Sidney Lau）1972 年所著的 *Elementary Cantonese*（香港政府印務局出版）中的粵語拼音系統、香港語言學會 1993 年 12 月發表的注音系統，以及國際語音學會設計的國際音標。為方便讀者，本書特附錄粵音幾種注音系統對照表，供讀者翻查對照。

商務印書館編輯部

目錄

頭頭是道

妙手偶得

累足成步

頭頭是道

是「臉」還是「面」

一個香港本地人，與一位北方人聊天時，因為對一個詞語的意思理解不同而無法有效溝通。這個香港本地人告訴那位來自北方的朋友，説她小時候上學時去一個專賣店打工，因為面皮薄不敢和客人説話。北方的朋友不明白，問道「香港有賣麵皮的專賣店？」這下把香港本地人也問住了，完全不知道對方在説甚麼。對於説普通話的人來説，難以理解「麵皮應該越薄越好吃，為甚麼因為麵皮薄不敢和客人説話？」而對香港本地人來説更難理解「面皮」怎麼能賣？粵語中的「面皮」在普通話中應該是「臉皮」；而普通話中的「麵皮」在大部分地方指的是用麵做的餃子皮兒、包子皮兒，或用大米麵做成的像寬麵條一樣的食物（有些人也會叫「涼皮兒」）。之所以會有這樣的誤會，主要原因是「面」和「臉」這兩個字在普通話和粵語中的不同用法。

在古文中，「面」表示頭的前部，從額到下巴的部分。而「臉」這個字出現得比「面」晚，最初的意思就是「頰」，常指婦女目下頰上搽胭脂的地方。如白居易《王昭君二首》中的「眉銷殘黛臉銷紅」，這裏的「臉」指的就是「臉頰」部位。也就是説，以前「面」的範圍要比「臉」的範圍大。但隨着時間的推移，「臉」表示的範圍逐漸擴大，以至於在口語中慢慢用「臉」表示整個面部，只有在講求文雅的書面語或一些習慣用法中才會用「面」。例如：普通話口語説「不要臉」，書面語可以説「不顧顏面」；「洗面乳」「做面膜」是習慣用法，不可以説「洗臉奶」「做臉膜」。粵語在辭彙方面保留了較多的古詞古意，常説「洗面」「賞面」，在普通話的口語中則會説成「洗臉」、「賞臉」。另外，繁體字中表達小麥磨成的粉這個意思時用「麵」，而簡體字中，兩個意思用的是同一個「面」字。

頭部的名詞和一些動作在普通話和粵語中還有很多差別，比如粵語中説「口裏」，普通話要説「嘴裏」。可是「親口説」就不能變成「親嘴説」咯。名詞尚且有差別，跟頭部有關的動詞表達方式的差異就更大，除了看、聽、説之外，還有很多。下面就讓我們一起來道道那些「頭上」的詞兒。

niǔ tóu

扭頭

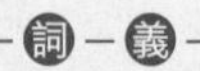

普通話「扭頭」意思是轉動頭或轉身，如：他這個人，一句話不愛聽，扭頭就走。普通話也説「扭臉」，如：小明生氣地扭過臉去，誰都不理了。

老王：這幾個人睡覺的睡覺、看風景的看風景，沒一個人給孕婦讓座。
Lǎo Wáng: Zhè jǐ ge rén shuìjiào de shuìjiào、kàn fēngjǐng de kàn fēngjǐng，méi yí ge rén gěi yùnfù ràngzuò.

王太太：是啊，那個年輕人一看見孕婦走過來，馬上扭過頭去看風景。
Wáng tàitai: Shì a. nàge niánqīngrén yí kànjiàn yùnfù zǒu guòlái, mǎ shàng niǔ guò tóu qù kàn fēngjǐng.

老王：他的頭倒是扭得夠快的。
Lǎo Wáng: Tā de tóu dàoshì niǔ de gòu kuài de.

nihng jyun tàuh

擰轉頭

詞義

粵語「擰轉頭」與普通話「扭頭」的意思相同，這個詞裏的「轉」是很關鍵的，因為「擰頭」在粵語裏是「搖頭」的意思。例如：老師改試卷嗰陣，見到啲學生考得差，所以不停噉擰頭。

此外，「擰」也可應用在手部動作上，一是兩手握住物件向相反方向用力轉動，如：擰毛巾、擰乾件衫；二是用手將器具朝一個方向轉動，如：擰緊個水喉、擰實粒螺絲。

對話

老王：呢幾個人瞓覺嘅瞓覺，睇風景嘅睇風景，冇一個人讓座俾個大肚婆。
Lóuh-wóng: Nī géigo yàhn fangaau ge fangaau, tái fūnggíng ge tái fūnggíng, móuh yātgo yàhn yeuhngjoh béi go daaihtóuhpó!

王太：係呀，嗰個後生仔一睇見個大肚婆行埋嚟，就即刻擰轉頭睇風景。
Wòhng táai: Haih a, gógo hauhsāangjái yāt táigin go daaihtóuhpó hàahngmàaihlàih, jauh jīkhāak nihng jyun tàuh tái fūnggíng.

老王：佢個頭又真係轉得夠晒快喎。
Lóuh-wóng: Kéuihgo tàuh yauh jānhaih jyundāk gausaai faai wo.

dā la zhe nǎo dai

耷拉着腦袋

詞義

普通話「耷拉」的意思是下垂。「耷拉着腦袋」是形容垂頭喪氣的樣子，如：這次考試又不及格，小明整個下午都耷拉着腦袋。

對話

同學：小明，你今天怎麼一直耷拉着腦袋？
Tóngxué: Xiǎo Míng, nǐ jīntiān zěnme yìzhí dālazhe nǎodai?

小明：我上課的時候把手舉得高高的，老師也不叫我。
Xiǎo Míng: Wǒ shàngkè de shíhou bǎ shǒu jǔ de gāogāo de, lǎoshī yě bú jiào wǒ.

同學：哦，原來是這樣。
Tóngxué: ò, yuánlái shì zhèyàng.

tàuh dāp dāp

頭耷耷

詞－義

粵語與此對應的是「頭耷耷」，形容頭垂下來的樣子，也表示垂頭喪氣的心情，所以「頭耷耷」經常跟「眼濕濕」連用。

值得注意的是，粵語中跟「頭耷耷」相似的「耷低頭」卻沒有垂頭喪氣的意思，而且不一定形容人或動物，香港人俗稱公路自行車為「耷頭單車」就是一例。「耷」字甚至可以用來形容一個人的體型。例如用「肥頭耷耳」去形容一個人肥胖如豬，就是一個常用的貶義詞。

對－話

同學：明仔，你今日點解一直頭耷耷呀？
Tùhnghohk: Mìhng-jái, néih gāmyaht dímgáai yātjihk tàuh dāpdāp a?

明仔：我上堂嗰陣係噉舉高隻手，先生都唔叫我。
Mìhng-jái: Ngóh séuhngtòhng gójahn haih gám géuigōu jek sáu, sīnsāang dōu m̀giu ngóh.

同學：哦，原來係噉。
Tùhnghohk: Óh, yùhnlòih haih gám.

zhēng yǎn

睜眼

詞義

普通話「睜眼」表示張開眼睛，如：你這次找生意夥伴可要睜大眼睛，別再看錯了人。跟「睜」相反的詞是「閉」，比喻人遇事容忍、故作不知以避免麻煩時，可以說：對這事他不想多管，只是睜一隻眼，閉一隻眼。「睜眼瞎」是指不識字的文盲。「睜着眼睛說瞎話」和「閉着眼睛說瞎話」有異曲同工之妙，都是說人信口開河地胡說。

對話

媽媽：後天的面試太重要了，你千萬別忘了。
Māma: Hòutiān de miànshì tài zhòngyào le, nǐ qiānwàn bié wàng le.

兒子：忘不了，我把它寫在紙條上，貼在床頭。早上一睜眼就能看見。
Érzi: Wàng bu liǎo, wǒ bǎ tā xiě zài zhǐtiáo shàng, tiē zài chuáng tóu. Zǎoshang yì zhēng yǎn jiù néng kànjiàn.

媽媽：就怕你到了中午才睜眼，早上的面試時間早過了。
Māma: Jiù pà nǐ dàole zhōngwǔ cái zhēng yǎn, zǎoshang de miànshì shíjiān zǎo guò le.

maak daaih ngáahn

擘 大 眼

詞義

粵語的「擘」是張開的意思，粵語有句流行的話叫「擘大眼，講大話」，跟普通話「睜着眼睛説瞎話」是相對應的。「擘」還可以和「口」搭配。例如，當一個人覺得驚訝，或無言以對時，可以説「擘大個口得個窿」。再如：「平時好囂張、話自己英文好叻嘅阿發，嗰日一見到外國人竟然擘大個口得個窿，好似唔識英文咁。」

對話

阿媽：後日嘅面試太緊要嘑，你千祈唔好唔記得喎。

A-mā: Hauhyaht ge mihnsíh taai gányiu la, néih chīnkèih m̀hóu m̀geidāk wo.

仔：唔會嘅，我將佢寫低喺紙條上便，貼喺床頭。朝早一擘大對眼就睇到㗎嘑。

Jái: M̀wúih ge, ngóh jēung kéuih sédāi hái jítìuh seuhngbihn, tiphái chòhngtàuh. Jīujóu yāt maak daaih deui ngáahn jauh táidóu ga la.

阿媽：就係怕你到咗晏晝先至擘大眼，朝早嘅面試時間就噉過咗嘑。

A-mā: Jauh haih pa néih doujó ngaanjau sīnji maak daaih ngáahn, jīujóuge mihnsíh sìhgaan jauh gám gwojó la.

bì yǎn

閉眼

普通話「閉眼」即合上眼睛。如：老人家半閉着眼睛在搖椅上養神。説人過世了，文學作品中也可以説：他永遠閉上了眼睛。和「閉」相反的詞是「睜」，如果説一個人胡説八道，可以説他：睜着眼睛説瞎話。

阿康：聽説九龍城有家泰國咖喱，好多人去光顧啊！
Ā Kāng: Tīngshuō Jiǔlóng Chéng yǒu jiā Tàiguó gālí, hǎo duō rén qù guānggù a!

阿健：你説的是「福佬榮」吧！我就住在九龍城，那家泰國菜館開了幾十年了，在這裏閉着眼都知道怎麼走！
Ā Jiàn: Nǐ shuō de shì "Fúlǎoróng" baá Wǒ jiù zhù zài Jiǔlóng Chéng, nèi jiā Tàiguó càiguǎn kāi le jǐshí nián le, zài zhèlǐ bìzhe yǎn dōu zhīdào zěnme zǒu!

阿康：那下次你一定要帶我去那裏試試啊！
Ā Kāng: Nà xià cì nǐ yídìng yào dài wǒ qù nàlǐ shìshi a!

mī(mei) màaih ngáahn

眯 埋 眼

與普通話相對應，粵語是用「眯」字來表示雙眼微微合攏的動作。普通話說「合上眼睛」，粵語便說成「眯埋眼」。口語常見的例子還有「笑眯眯（siu mīmī / siu mēimēi）」等，就是說一個人微笑時眼睛微微合攏的樣子。

對話

阿康：聽講九龍城有間泰國咖喱好多人幫襯喎！

A-hōng: Tēnggóng Gáulùhngsìhng yáuh gāan Taaigwok galēi hóudō yàhn bōngchan wo!

阿健：你講嘅係「福佬榮」吖嘛！我住九龍城嘅，間泰國菜館開咗幾十年嘑，喺呢度眯埋眼都識得行去囉！

A-gihn: Néih góng ge haih “Fūklóuwìhng” ā ma! Ngóh jyuh Gáulùhngsìhng ge, gāan Taaigwok choigún hōijó géisahp nìhn la, hái nīdouh mī màaih ngáahn dōu sīkdāk hàahng heui lo!

阿康：噉下次你一定要帶我去嗰度試吓嘑！

A-hōng: Gám hahchi néih yātdihng yiu daai ngóh heui gódouh siháh la!

mī　zhe　yǎn

眯着眼

普通話「眯」指眼睛微微合攏。人因困倦、微笑、仔細打量或做出看不起的面部表情時會有眯眼睛的動作。如：老人家坐在太陽下半眯着眼睛好像是在睡覺。

女友：看看這幾張照片，你的眼睛都眯成一條縫了。
Nǚyǒu: Kànkan zhè jǐ zhāng zhàopiàn, nǐ de yǎnjing dōu mī chéng yì tiáo fèng le.

子明：是啊，大冰原上的光線特別強，大家都不自覺地眯着眼看東西。
Zǐmíng: Shì a, dà bīngyuán shàng de guāngxiàn tèbié qiáng, dàjiā dōu bú zìjué de mīzhe yǎn kàn dōngxi.

女友：戴墨鏡應該有點兒用吧。
Nǚyǒu: Dài mòjìng yīnggāi yǒudiǎnr yòng ba.

mūng jyuh deui ngáahn

矇住對眼

「矇」原意是眼睛失明，粵語「矇住對眼」是指因為光線太強或看不清事物時，眼睛稍用力地微微合攏。另外，要表示剛睡醒或睡不着時雙眼朦朧的樣子時，粵語可以説成「眼矇矇」。跟它相關的還有「矇忪」，形容睏倦、沒睡醒的樣子，以此引申指天色時份，例如「天矇光（tīn mūng gwōng）」，表示太陽剛剛出來，但天還沒有完全亮的時候。

女朋友：睇吓你影呢幾張相，對眼矇到得返條線噃。

Néuihpàhngyáuh: Táiháh néih yíng nīgéi jēung séung, deui ngáahn mūngdou dāk fāan tìuh sin la.

子明：係呀，冰海嘅光線特別強，個個人都唔自覺噉矇住對眼。

Jí-mìhng: Haih a, bīnghói ge gwōngsin dahkbiht kèuhng, gogo yàhn dōu m̀jihgok gám mūngjyuh deui ngáahn.

女朋友：戴返副太陽眼鏡應該有啲用啩。

Néuihpàhngyáuh: Daaifāan fu taaiyèuhng ngáahngéng yīnggōi yáuhdī yuhng gwa.

dèng yǎn jing

瞪眼睛

詞義

普通話「瞪眼睛」指睜大眼睛看，如：為了吸引孩子們的注意力，她故意瞪圓了眼睛大驚小怪地說「是嗎？」；也表示憤怒或不滿地看着，如：她狠狠地瞪了老公一眼，嫌他說了不該說的話。

對話

秘書：今天老闆很不高興，你可別煩他。
Mìshū: Jīntiān lǎobǎn hěn bù gāoxìng, nǐ kě bié fán tā.

阿美：甚麼事這麼嚴重？
Ā Měi: Shénme shì zhème yánzhòng?

秘書：有個同事不小心把提貨單寄給客戶了，原來這個客戶還沒付錢呢。老闆知道了，不就吹鬍子瞪眼地罵人了嘛。
Mìshū: Yǒu ge tóngshì bù xiǎoxīn bǎ tíhuòdān jìgěi kèhù le, yuánlái zhèi ge kèhù hái méi fù qián ne. Lǎobǎn zhīdào le, bú jiù chuī húzi dèngyǎn de mà rén le ma.

lūk daaih deui ngáahn

睩大對眼

粵語中「睩」字形容眼珠轉動的樣子，俗語所謂「眼仔睩睩」，通常用來形容兒童的眼睛靈動的樣子。至於「睩大對眼」，就是指睜大眼睛凝視的意思。

由於眼珠是球狀的，所以形容呈圓形的東西，也可以用「睩」字，例如「圓睩睩」，不但可以指稱一件東西，甚至可以用來品評人的身形，例如：「佢嘅身材雖然圓睩睩，但係佢嘅身手同其他武打明星一樣咁靈活敏捷。」

對話

秘書：今日老闆好唔高興呀，你唔好煩佢嘑。

Beisyū: Gāmyaht lóuhbáan hóu m̀gōuhing a, néih m̀hóu fàahn kéuih la.

阿美：乜嘢事咁大鑊呀？

A-mēi: Mātyéh sih gam daaihwohk a?

秘書：有個同事唔小心寄咗張提貨單俾個客，個客原來仲未找數嘅。老闆知道咗，咪睩大對眼係噉鬧人囉！

Beisyū: Yáuhgo tùhngsih m̀síusām geijó jēung tàihfodāan béi go haak, go haak yùhnlòih juhng meih jáausou ge. Lóuhbáan jīdoujó, maih lūk daaih deui ngáahn haih gám naauh yàhn lō!

chōu bí zi

抽鼻子

詞義

普通話「抽」有「吸」的意思，「抽鼻子」指反覆且有聲地抽動鼻子或反覆吸鼻子不讓鼻涕從鼻孔流出（如感冒的時侯）。還可以說「抽煙」、「抽血」、「抽水」等。

對話

媽媽：兒子，你感冒還沒好，為甚麼抽了一整天鼻子卻不用紙巾擦下鼻涕呢？
Māma: Érzi, nǐ gǎnmào hái méi hǎo, wèishénme chōule yì zhěngtiān bízi què búyòng zhǐjīn cā xià bítì ne?

兒子：沒辦法啊，家裏只剩下一盒紙巾，如果我用了，你們就沒有用的了。
Érzi: Méi bànfǎ a, jiā li zhǐ shèng xià yì hé zhǐjīn, rúguǒ wǒ yòng le, nǐ men jiù méiyǒu yòng de le.

媽媽：好兒子，媽媽好感動啊。
Māma: Hǎo ér zi, māma hǎo gǎndòng a.

sok beih

索鼻

粵語和普通話「抽鼻子」相對應的詞是「索鼻」，與此相似的用法還有「索 K」，即吸食俗稱「K 仔」的毒品氯胺酮。

阿媽：阿仔，你嘅感冒仲未好返，做乜成日索鼻都唔用紙巾抹吓啲鼻涕呀？
A-mā: A-jái, néih ge gámmouh juhng meih hóufāan, jouh māt sèhngyaht sokbeih dōu m̀yuhng jígān maatháh dī beihtai a?

仔：冇計啦，屋企淨返一卷廁紙，我用咗佢，你哋就冇得用㗎嘞噃。
Jái: Móuh gái lā, ngūkkéi jihngfāan yātgyún chijí, ngóh yuhngjó kéuih, néihdeih jauh móuhdāk yuhng ga la bo.

阿媽：乖仔，阿媽我好感動呀！
A-mā: Gwāaijái, A-mā ngóh hóu gámduhng a!

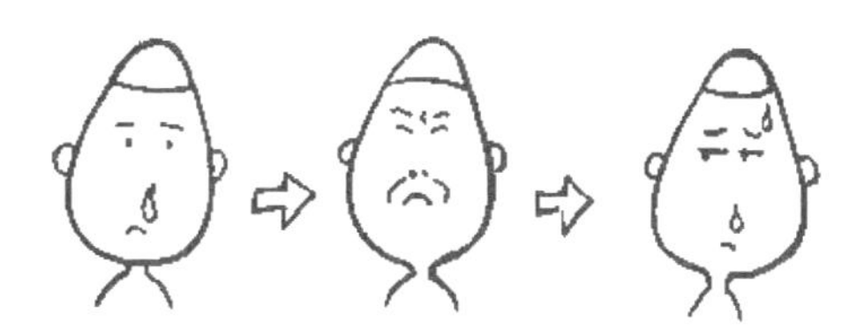

mǐn zuǐ

抿嘴

普通話「抿嘴」指嘴唇輕輕合攏，如：「抿着嘴一言不發。」嘴唇輕輕地沾一下碗或杯子，略微喝一點的動作也叫「抿」，如：「抿了一口茶」、「端起咖啡抿了一小口」。

李老師：這個新來的小姑娘看上去挺招人喜歡的。
Lǐ lǎoshī: zhèige xīn lái de xiǎo gūniang kàn shàngqù tǐng zhāo rén xǐ huan de.

王老師：是啊，説話不多，看見誰都抿嘴一笑。
Wáng lǎoshī: Shì a, shuōhuà bù duō, kànjiàn shéi dōu mǐn zuǐ yí xiào.

李老師：一抿嘴還有兩個酒窩呢。
Lǐ lǎoshī: Yì mǐn zuǐ hái yǒu liǎng gè jiǔwō ne.

mīt jéui

搣嘴

粵語表達「抿嘴」這個動作的對應詞是「搣嘴」。「搣」這個字其實更常用於表達手指的動作，一是「剝」，如「搣橙皮」（剝橙子皮）、「搣蝦殼」（剝蝦殼），一是「用手指去除物體的一部分」，如「搣芽菜」（掐掉芽菜的尾部）。中國有一種茶葉叫「馬騮搣」，據説生長在懸崖峭壁，要由猴子「搣落嚟」（採摘下來），故名。搣嘴笑的動作雖然不用真的用雙手「搣」兩個嘴角，但笑起來卻有「搣」的形態。

李老師：呢個新嚟嘅女仔睇起上嚟幾得人鍾意喎。
Léih lóuhsī: Nīgo sān làih ge néuihjái táihéiséuhnglàih géi dāk yàhn jūngyi wo.

王老師：係呀，好少講嘢，見親人都搣嘴笑。
Wòhng lóuhsī: Haih a, hóu síu góngyéh, ginchān yàhn dōu mītjéui siu.

李老師：搣嘴嗰陣仲有兩個酒凹添。
Léih lóuhsī: Mītjéui gójahn juhng yáuh léuhngo jáunāp tīm.

juē zuǐ

噘嘴

普通話「噘嘴」意思是嘴唇閉合而上翹的動作，表示生氣或不滿，如：「好老婆，別老噘着嘴了，我這就去給你買花還不行嗎？」

對話

老婆：你答應過我不再去賭場玩，為甚麼今天又去了呢？你都忘了嗎？
Lǎopo: Nǐ dāyingguo wǒ bú zài qù dǔchǎng wán, wèishénme jīntiān yōu qù le ne? Nǐ dōu wàng le ma?

老公：你不要老噘着嘴了好嗎？你噘嘴的樣子不好看啊。我以後不去啦！
Lǎogōng: Nǐ búyào lǎo juēzhe zuǐ le hǎo ma? Nǐ juē zuǐ de yàngzi bù hǎokàn a. Wǒ yǐhòu bú qù la!

老婆：如果你不想看我噘嘴的樣子，就不要再做讓人生氣的事情了好不好？
Lǎopo: Rúguǒ nǐ bù xiǎng kàn wǒ juē zuǐ de yàngzi, jiù búyào zài zuò ràng rén shēngqì de shìqing le hǎo bu hǎo?

dyūt　jéui

嘟嘴

粵語表達這種嘴唇閉合而上翹的動作用「嘟嘴」，在形容長時間嘴嘟的時候可以說「嘟起個嘴」。

老婆：你應承過我以後唔再去賭場玩，點解今日又去呀？你唔記得咗嘑咩？

Lóuhpòh: Néih yīngsìhng gwo ngóh yíhhauh m̀joi heui dóuchèuhng wáan, dímgáai gāmyaht yauh heui a? Néih m̀geidākjó la mē?

老公：你唔好嘟起個嘴好嗎？嘟嘴個樣唔好睇。我以後唔去囉！

Lóuhgūng: Néih m̀hóu dyūthéi go jéui hóu ma? Dyūtjéui go yéung m̀hóu tái. Ngóh yíhhauh m̀heui lō!

老婆：如果你唔想睇見我嘟嘴個樣，就唔好做一啲令人嬲嬲嘅事好唔好？

Lóuhpòh: Yùhgwó néih m̀séung táigin ngóh dyūtjéui go yéung, jauh m̀hóu jouh yātdī lihng yàhndeih nāu ge sih hóu m̀hóu?

liě zuǐ

咧嘴

普通話「咧嘴」表示嘴微張，嘴角向兩邊伸展的動作，如：我的笑話剛講到一半，他就咧嘴大笑起來。

大嫂：很少看到隔壁婆婆這樣咧着嘴笑。
Dàsǎo: Hěn shǎo kàndào gébì pópo zhèyàng liězhe zuǐ xiào.

二嫂：她兒媳婦終於生了，而且還是龍鳳胎，當然開心啦。
Èrsǎo: Tā érxífu zhōngyú shēng le, érqiě háishi lóngfèngtāi, Dāngrán kāixīn la.

大嫂：難怪呢。
Dàsǎo: Nánguài ne.

yī héi pàahng ngàh

依起棚牙

詞義

粵語「依起棚牙」表示嘴角向外彎、露齒的動作。粵語還有「依牙鬆槓」一詞，譬如「打交前雙方依牙鬆槓」，神態便彷如螃蟹遇到敵人時會舉起「蟹槓」的模樣；也可引申為表示對食物不滿意，如「老陳請我哋食嗰餐飯，食到依牙鬆槓」；至於「打牌嗰陣時，旁觀者不得依牙鬆槓（yī ngàh sūng gohng）」則表示旁觀者不應該提出意見。

大嫂：好少見到隔離屋個婆婆笑到依起棚牙噃。
Daaihsóu: Hóusíu gindóu gaaklèih ūk go pòhpó siudou yī héi pàahng ngàh bo.

二嫂：梗係開心啦，佢個新抱終於添丁嘑，仲係龍鳳胎添。
Yihsóu: Gánghaih hōisām lā, kéuihgo sānpóuh jūngyū tīmdīng la, juhnghaih lùhngfuhngtōi tīm.

大嫂：唔怪得啦。
Daaihsóu: M̀gwaaidāk lā.

kè guā zǐ

嗑瓜子

詞義

普通話「嗑」的意思是用上下門牙咬有殼的或硬的東西，如：嗑瓜子；那個箱子被老鼠嗑破了。

對話

張三：你想帶這幾個外國朋友去哪兒？
Zhāng Sān: Nǐ xiǎng dài zhè jǐ gè wàiguó péngyou qù nǎr?

李四：我想讓他們看看咱們的舊式茶館兒。
Li Sì: Wǒ xiǎng ràng tāmen kànkan zánmen de jiùshì cháguǎnr.

張三：這倒是個好主意。在那兒一邊欣賞京城藝人的表演，一邊喝茶、嗑瓜子兒，感覺是很不一樣的。
Zhāng Sān: Zhè dàoshì ge hǎo zhǔyi. Zài nàr yìbiān xīnshǎng Jīngchéng yìrén de biǎoyǎn, yìbiān hēchá、kè guāzǐr, gǎnjué shì hěn bù yíyàng de.

mōk gwā jí

剝瓜子

詞義

粵語和「嗑瓜子」對應的是「剝瓜子」，當然「剝」本指去掉外層的皮或殼。而「箱子被老鼠嗑破了」粵語說「個箱俾老鼠咬爛咗」。

對話

張三：你想帶呢幾個外國朋友去邊度呀？
Jēung Sāam: Néih séung daai nī géigo ngoihgwok pàhngyáuh heui bīndouh a?

李四：我想俾佢哋睇吓我哋啲舊式茶館。
Léih Sei: Ngóh séung béi kéuihdeih táiháh ngóhdeih dī gauhsīk chàhgún.

張三：呢個主意幾好。喺嗰度一面欣賞京城藝人嘅表演，一面飲茶、剝瓜子，感覺零舍唔同。
Jēung Sāam: Nīgo jyúyi géi hóu. Hái gódouh yātmihn yānséung gīngsìhng ngaihyàhn ge bíuyín, yātmihn yámchàh, mōk gwājí, gámgok lìhngse m̀tùhng.

tǔ gǔ tou

吐骨頭

詞義

普通話「吐」的意思是使東西從嘴裏出來，如：吐痰、吐核兒（húr）、吐骨頭。

對話

阿慧：昨天跟一個日本朋友去吃早茶，我叫了一個鳳爪，可是她一口也沒吃。是不是她嫌麻煩啊？

Ā Huì: Zuótiān gēn yí gè Rìběn péngyou qù chī zǎochá, wǒ jiàole yí gè fèngzhǎo, kěshì tā yì kǒu yě méi chī. Shì bú shì tā xián máfan a?

小雄：麻煩是夠麻煩的，不過更有可能是顧及儀態吧。他們很不願意當眾吐骨頭，尤其是女士。

Xiǎo Xióng: Máfan shì gòu máfan de, búguò gèng yǒu kěnéng shì gùjí yítài ba. Tāmen hěn bú yuànyì dāngzhòng tǔ gǔtou, yóuqí shì nǚshì.

lēu gwāt

𡃁骨

粵語對應的詞是「𡃁」，可以說「𡃁骨」、「𡃁飯」、「𡃁核」、「𡃁渣」等。「唔鍾意食就𡃁咗佢啦」普通話意思是「不愛吃就吐掉吧」。粵語還有「𡃁飯應」這個俗語，字面意思是「迫不及待地答應」，例如：「份工咁筍，梗係𡃁飯應啦」，普通話意思是「這工作那麼好，還不趕緊答應了呀」。

對話

阿慧：噚日同一個日本朋友去飲早茶，我叫咗一個鳳爪，不過佢一啖都冇食。係咪佢嫌麻煩呀？

A-waih: Kàhmyaht tùhng yātgo Yahtbún pàhngyáuh yám jóuchàh, ngóh giujó yātgo fuhngjáau, bātgwo kéuih yātdaahm dōu móuh sihk. Haih maih kéuih yìhm màhfàahn a?

雄仔：麻煩就係麻煩㗎嘞，不過更加可能係為咗顧住儀態啩。佢哋唔想當眾𡃁骨，尤其係啲女士。

Hùhng-jái: Màhfàahn jauh haih màhfàahn ga la, bātgwo ganggā hónàhng haih waihjó gujyuh yìhtaai gwa. Kéuihdeih m̀séung dōngjung lēu gwāt, yàuhkèihhaih dī néuihsih.

tǔ shé tou

吐舌頭

詞義

普通話的「吐」只在與「舌頭」搭配時才能與粵語的「伸」相對應，如：隻貓成日伸條脷出嚟，唔係有乜唔妥吖嗎？普通話意思是：這貓老把舌頭吐出來，不是有啥毛病吧？

對話

阿玲：今天林先生又問小麗問題了。
A Líng：Jīntiān Lín xiānsheng yòu wèn Xiǎo Lì wèntí le.

阿康：小麗答得不錯吧？
Ā Kāng：Xiǎo Lì dá de bú cuò ba?

阿玲：今天的問題很難，答完後，小麗吐了吐舌頭，知道自己說錯了。
A Líng：Jīntiān de wèntí hěn nán, dá wán hòu, Xiǎo Lì tǔ le tǔ shétou, zhīdào zìjǐ shuō cuò le.

阿康：小麗學習那麼努力都不會？
Ā Kāng：Xiǎo Lì xuéxí nàme nǔlì dōu bú huì?

阿玲：是啊，其實那是道博士考試的題目。
A Líng：Shì a, qíshí nà shì dào bóshì kǎoshì de tímù.

阿康：怪不得連小麗都不會。
Ā Kāng：Guàibude lián Xiǎo Lì dōu bú huì.

sān leih

伸脷

「伸脷」可以純粹表示舌頭伸出來的動作，例如「隻貓飲水嗰陣時伸吓伸吓條脷」(貓喝水時舌頭一伸一伸的)。當然「伸脷」這個動作也可反映尷尬的心理狀態，例如「佢伸吓條脷，知道自己講錯嘢嘞」(她吐了吐舌頭，知道自己説錯話了)。

對話

阿玲：今日林 Sir 又問咗小麗一個問題。
A-lìhng: Gāmyaht Lám sèuh yauh mahnjó Síu-laih yātgo mahntàih.

阿康：小麗實答得幾好啦？
A-hōng: Síu-laih saht daapdāk géi hóu lā?

阿玲：今日條問題幾難，答完之後，小麗伸吓條脷，知道自己答錯咗嘞。
A-lìhng: Gāmyaht tìuh mahntàih géi nàahn, daapyùhn jīhauh, Síu-laih sānháh tìuh leih, jīdou jihgéi daapchojó la.

阿康：小麗咁勤力讀書都唔知？
A-hōng: Síu-laih gam kàhnlihk duhksyū dōu m̀jī?

阿玲：係呀，其實嗰條係博士考試嘅題目嚟嘅。
A-lìhng: Haih a, kèihsaht gótìuh haih boksih háausi ge tàihmuhk làih ge.

阿康：唔怪得小麗都唔識啦。
A-hōng: M̀g waaidāk Síu-laih dōu m̀sīk lā.

zā shǒu zhǐ

咂手指

詞義

普通話「咂」的意思是用嘴唇吸，如：咂了一口酒，咂手指。小孩兒「咂手指」這個動作也可以用「嗍（suō）」和「嘬（zuō）」來表達「吮吸」的意思，如：嗍/嘬手指、嗍/嘬棒棒糖、嗍/嘬奶嘴。在表示「用力反覆吮吸」的時候，「嗍」或「嘬」用得更多。

「咂嘴」一詞的意思是用舌尖抵住上顎的前部發出吸氣音，表示稱讚、羨慕、驚訝、為難等。人們在品嘗、吮吸的時候會發出這樣的聲音，如：咂話梅。

對話

阿美：你怎麼這麼大了還喜歡咂手指？
Ā Měi: Nǐ zěnme zhème dà le hái xǐhuan zā shǒuzhǐ?

大明：因為媽媽做菜的時候，我整天幫她用手嘗味兒，嘗得多了就習慣了，覺得手指很好吃。
Dà Míng: Yīnwèi māma zuòcài de shíhou, wǒ zhěngtiān bāng tā yòng shǒu cháng wèir, cháng de duō le jiù xíguàn le, juéde shǒuzhǐ hěn hǎo chī.

阿美：咦！太噁心了！我不敢吃你們做的菜了。
Ā Měi: Yí! Tài ěxīn le! Wǒ bù gǎn chī nǐmen zuò de cài le.

jyut sáu jí

啜手指

粵語中小孩「啞手指」這個動作會説成「啜手指」；而普通話裏的「咂話梅」，粵語對應的説法是「嗒話梅（dāap wahmúi）」。

對－話

阿美：點解你咁大個仲鍾意啜手指㗎？

A-mēi: Dímgáai néih gam daaihgo juhng jūngyi jyut sáují ga?

大明：因為阿媽煮餸嗰陣，我成日幫佢用手指試味，試得多就習慣咗，覺得啲手指好好味囉。

Daaih-mìhng: Yānwaih A-mā jyú sung gójahn, ngóh sèhngyaht bōng kéuih yuhng sáují simeih, sidāk dō jauh jaahpgwaanjó, gokdāk dī sáují hóu hóumeih lō.

阿美：咦！太核突嘑！我唔敢食你哋煮嘅餸嘑！

A-mēi: Yí! Taai wahtdaht la! Ngóh m̀gám sihk néihdeih jyú ge sung la!

hǎn míng zi

喊名字

詞義

普通話「喊」的意思是大聲叫或叫人，如：喊口號；你去喊他一聲；遇到長輩，不要直接喊名字，不禮貌。

對話

小麗：為甚麼我昨天在街上喊你的名字，你都不理我？
Xiǎo Lì: Wèishénme wǒ zuótiān zài jiēshang hǎn nǐ de míngzi, nǐ dōu bù lǐ wǒ?

小明：不是吧！我昨天都沒上街。
Xiǎo Míng: Búshì ba! Wǒ zuótiān dōu méi shàngjiē.

小麗：那……可能是你的樣子太普通了吧，難怪我認錯人了。
Xiǎo Lì: Nà...kěnéng shì nǐ de yàngzi tài pǔtōng le ba, nánguài wǒ rèncuò rén le.

ngaai méng

嗌名

詞義

粵語的「喊」是哭的意思，與普通話「喊」對應的粵語是「嗌」，因此普通話的「喊口號」，粵語説成「嗌口號」；「喊名字」，粵語説成「嗌名」。

對話

小麗：點解我噚日喺街上便嗌你個名，你都唔睬我嘅？
Síulaih: Dímgáai ngóh kàhmyaht hái gāaiseuhngbihn aai néihgo méng，néih dōu m̀chói ngóh gé?

小明：唔係啩！我噚日都冇出街。
Síumìhng: M̀haih gwa! Ngóh kàhmyaht dōu móuh chēutgāai.

小麗：咁……可能係你個樣太普通啩，唔怪得我認錯咗人啦。
Síulaih: Gám...hónàhng haih néih go yéung taai póutūng gwa, m̀gwaaidāk ngóh yihngchojó yàhn lā.

bīe qì

憋氣

詞義

普通話「憋」有抑制或堵住不讓出來的意思。如果是把空氣憋在體內不吐出來，普通話說「憋氣」。「憋氣」也可以指心裏有煩惱或委曲不能發泄出來，如：他剛被老闆罵了半天，憋了一肚子氣。如果是把事情放在心裏不說出來，普通話也可以用「憋」，如：有事別憋在心裏，找個朋友談談吧。

對話

弟弟：哥哥，你為甚麼把頭泡在盆裏啊？你要自殺啊！
Dìdi: Gēge, nǐ wèishénme bǎ tóu pào zài pén lǐ a? Nǐ yào zìshā a!

哥哥：別開玩笑了！我要學游泳，現在只是練習憋氣而已。
Gēge: Bié kāi wánxiào le! Wǒ yào xué yóuyǒng, xiànzài zhǐshì liànxí biēqì ér yǐ.

弟弟：可是你用這麼一大盆水來練習，真不環保。
Dìdi: Kěshì nǐ yòng zhème yí dà pén shuǐ lái liànxí, zhēn bù huánbǎo.

bai　　hei

閉 氣

粵語中與「憋氣」對應的是「閉氣」。但上面兩個普通話例句中的「憋」，粵語又不用「閉」，而用其他動詞，分別説成：「佢啱啱俾老闆鬧咗半日，谷住成肚氣」、「有事唔好收埋係心度，搵個朋友傾吓啦。」

弟弟：哥哥，你點解將個頭浸喺盆度呀？你想自殺嗬！

Dàihdái: Gòhgō，néuih dímgáai jēung go tàuh jam hái pùhn douh a? Néih séung jihsaat àh!

哥哥：咪講笑啦！我想學游水，而家只係練習閉氣啫。

Gòhgō: Máih góngsiu lā! Ngóh séung hohk yàuhséui, yìhgā jíhaih lihnjaahp baihei jē.

弟弟：但係你用一大盆水嚟練習，好唔環保。

Dàihdái: Daahnhaih néih yuhng yāt daaih pùhn séui làih lihnjaahp, hóu m̀wàahnbóu.

biē zuǐ

癟嘴

詞－義

普通話「癟」表示物件皺縮，不飽滿，凹下去，如：球癟了，打不成了；又例如：肚子餓癟了。另外，也可以用來意指在城市中無正當職業或以偷竊為生的游民：癟（普：biē，粵：biht）三。

對－話

姐姐：妹妹，你癟嘴的樣子好難看啊！怎麼了？
Jiějie: Mèimei, nǐ biězuǐ de yàngzi hǎo nánkàn a! Zěnme le?

妹妹：我很不開心。有人笑話我畫的畫兒醜。
Mèimei: Wǒ hěn bù kāixīn. Yǒu rén xiàohua wǒ huà de huàr chǒu.

姐姐：讓我看看……我昨天幫你加了幾筆了呀！
Jiějie: Ràng wǒ kànkan...Wǒ zuótiān bāng nǐ jiā le jǐ bǐ le ya!

妹妹：就是因為你這幾筆，把我畫的胖蛇變成了一條蜥蜴。
Mèimei: Jiùshì yīnwèi nǐ zhè jǐ bǐ, bǎ wǒ huà de pàngshé biànchéng le yì tiáo xīyì.

bín jéui

扁嘴

粵語「扁」：形容物體平而薄。

家姐：阿妹妳扁嘴個樣好難睇呀！咩事呀？
Gājē: A-múi néih bínjéui go yéung hóu nàahntái a! Mēsih a?

阿妹：我好唔開心呀，我俾人笑我畫嘅畫醜樣呀。
A-múi: Ngóh hóu m̀hōisām a, ngóh béi yàhn siu ngóh waahk ge wá cháuyéung a.

家姐：俾我睇吓，我噚日幫你加咗幾筆添嘛嚸。
Gājē: Béi ngóh táiháh, ngóh kàhmyaht bōng néih gājó géi bāt tīm la bo.

阿妹：就係因為你嗰幾筆，將我畫嗰條肥蛇變成一條四腳蛇。
A-múi: Jauh haih yānwaih néih gó géi bāt, jēung ngóh waahk gótìuh fèih sèh binsèhng yāttìuh seigeuksèh.

pið zuǐ
撇嘴

普通話「撇嘴」的意思是：下唇向前伸，嘴角向下，表示輕視、不以為然或不高興。如：撇嘴搖頭；那個女藝人不滿大會的安排，坐在觀眾席時不時地撇撇嘴。

老李：你看小張又在吹牛了，説自己唱歌唱得多么好，一開口還真迷住了很多人。

Lǎo Lǐ: Nǐ kàn Xiǎo Zhāng yòu zài chuīniú le, shuō zìjǐ chànggē chàngde duōme hǎo, yì kāikǒu hái zhēn mízhù le hěnduō rén.

老王：可是你看他身邊的人不是搖頭，就是撇嘴，可見大家都知道他是甚麼水平。

Lǎo Wáng: Kěshì nǐ kàn tā shēnbiān de rén búshì yáotóu, jiùshì piězuǐ, kějiàn dà jiā rén dōu zhīdào tā shì shénme shuǐpíng.

míu jéui

吵 嘴

詞－義

粵語與之對應的是「吵嘴」，同樣是一種帶有輕蔑的表情。

對－話

老李：你睇吓張仔又喺度講大話�，話自己唱歌唱得有幾好，一開口就冧死人。

Lóuh-léi: Néih táiháh Jēung jái yauh háidouh góng daaihwah la, wah jihgéi cheunggō cheungdāk yáuh géi hóu，yāt hōiháu jauh lāmséi yàhn.

老王：但係你睇佢身邊嘅人唔係擰頭，就係吵嘴，就知人哋都知道佢係咩水準啦。

Lóuh-wóng: Daahnhaih néih tái kéuih sānbīn ge yàhn m̀haih nihngtàuh, jauh haih míujéui, jauh jī yàhndeih dōu jīdou kéuih haih mē séuijéun lā.

kěn yù mǐ

啃玉米

詞義

普通話「啃」的意思是「用牙齒一點一點地往下咬」，如：啃骨頭、啃老玉米；也可以比喻刻苦讀書鑽研，如：啃書本。

對話

家良：你看那隻大熊貓在啃甚麼呢？
Jiāliáng: Nǐ kàn nà zhī dàxióngmāo zài kěn shénme ne?

家欣：有意思，它這次不是啃竹子，是啃玉米呢。
Jiāxīn: Yǒu yìsi, tā zhè cì búshì kěn zhúzi, shì kěn yùmǐ ne.

pàauh sūk máih

刨粟米

詞義

「刨」在粵語和普通話中都有「挖掘」的意思，如：「刨坑」、「刨根問底」；也有「刨除」的意思，如：「刨去」。在粵語中「刨」，還有「認真鑽研」的意思，如：「刨書」、「刨馬經」。

「刨粟米」原本指用刨子或其它利器刨去玉米，但在口語中，也可指以牙刨去玉米，即時食用。

對話

家良：你睇嗰隻大熊貓喺度刨緊乜嘢？
Gā-lèuhng: Néih tái gójek daaihhùhngmāau háidouh pàauhgán mātyéh?

家欣：幾得意嚤，佢呢次唔係噍竹，係刨粟米嚤。
Gā-yān: Géi dākyi bo, kéuih nīchi m̀haih jiuh jūk, haih pàauh sūkmáih bo.

qīn yí xià
親 一 下

詞義

普通話「親」意思是用嘴唇接觸（人或東西），表示親熱、喜愛，如：「她太喜歡那個小孩兒了，忍不住上去親了他一下。」

對話

哥哥：小傢伙，你這麼可愛，可不可以讓我親一下呀？
Gēge: Xiǎo jiāhuo, nǐ zhème kě'ài, kě bu kěyǐ ràng wǒ qīn yí xià ya?

妹妹：不行！我會喊「非禮」的！
Mèimei: Bùxíng! Wǒ huì hǎn "fēilǐ" de!

哥哥：我可是你親哥哥啊！哎呀，現在的妹妹真是太冷淡了。
Gēge: Wǒ kěshì nǐ qīn gēge a! āiya, xiànzài de mèimei zhēn shì tài lěngdàn le.

sek yāt daahm
錫一啖

粵語中「錫」也可作「惜」字，意指喜愛、愛惜、疼惜等。「錫」有時解作「親吻」，有時指疼惜，如：「你太錫個仔嘑，噉樣將來會害咗佢㗎。」

對話

哥哥：小朋友，你咁得意，可唔可以錫我一啖呀？
Gòhgō: Síu pàhngyáuh, néih gam dākyi, hó m̀hóyíh sek ngóh yātdaahm a?

妹妹：唔得！我會嗌非禮㗎！
Mùihmúi: M̀dāk! Ngóh wúih aai fēiláih ga!

哥哥：我係你親生哥哥嚹！哎呀……而家啲細妹真係冷淡嘅嘞。
Gòhgō: Ngóh haih néih chānsāang gòhgō bo! Aiya...yìhgā dī saimúi jānhaih láahngdaahm ge la.

niàn gǎo zi

唸稿子

詞義

普通話「唸」意為誦讀，按字讀出聲，如：我們的校長最不喜歡別人演説時唸稿子，因為他覺得稿子都經過修飾，太多套話了。另外「唸書」也可解作「讀書」。

對話

小王：那天的研討會怎麼樣呀？
Xiǎo Wáng: Nèitiān de yántǎohuì zěnmeyàng ya?

小李：那些嘉賓個個都是有頭有臉的，只是個個都是唸稿子，越聽越沒意思。所以我聽了一半就回家了。
Xiǎo Lǐ: Nàxiē jiābīn gè gè dōu shì yǒutóu yǒuliǎn de, zhǐshì gè gè dōu shì niàn gǎozi, yuè tīng yuè méi yìsi. Suǒyǐ wǒ tīng le yí bàn jiù huíjiā le.

jiu góu duhk
照 稿 讀

詞－義

粵語的口語也有「唸」這個講法，例如「唸口黃 nihm háu wóng」，意思跟「唸稿子」相近，同時有死記硬背、鸚鵡學舌的貶義。但是粵語的「稿」不能跟「唸」搭配，應該説成「讀稿」、「跟稿讀」、「照稿讀」等。

對－話

阿王：嗰日個研討會點呀？

A-wóng: Góyaht go yìhntóuwúi dím a?

阿李：啲嘉賓個個都係有頭有面嘅，只不過個個照稿讀，越聽越無癮。所以我聽咗一半就返咗屋企嚕。

A-léih: Dī gābān go go dōu haih yáuh tàuh yáuh mín ge, jíbātgwo go go jiu góu duhk, yuht tēng yuht móuh yáhn. Sóyíh ngóh tēngjó yātbun jauh fāanjó ngūkkéi la.

hǒng hái zi

哄孩子

詞義

普通話「哄」可以表示用言語或行動引人高興，如：哄孩子；「哄」也可以表示說好聽的假話使人上當受騙，如：那個男人哄老太太把一萬塊錢存進了他的銀行賬戶。

家欣：這個小傢伙鬧得厲害，總是纏着大人玩兒。你來跟他玩兒一會兒吧。
Jiāxīn: Zhèi ge xiǎo jiāhuo nào de lìhai, zǒngshì chánzhe dàrén wánr.Nǐ lái gēn tā wánr yíhuìr ba.

家良：沒問題，我可是哄孩子的好手。
Jiāliáng: Méi wèntí, wǒ kěshì hǒng háizi de hǎoshǒu.

家欣：哦，想起來了，你最會變魔術了。這招哄孩子挺靈。
Jiāxīn: ò, xiǎng qǐlai le, nǐ zuì huì biàn móshù le. Zhèi zhāo hǒng háizi tǐng líng.

tam sai louh

氹細路

粵語中用「氹」，例如：「哄孩子」粵語説成「氹細路」；「氹」也表示哄騙，如：「個男人氹婆婆入咗一萬蚊入去佢個銀行戶口。」

「氹」亦可指使生氣的人回復平靜或消除怒火的行為，如：「你太太等咗你成晚，而家好嬲呀，你快啲氹返佢啦。」

對話

家欣：呢個細路嘈得好緊要，成日黐住大人玩。你嚟同佢玩一陣啦。

Gā-yān: Nīgo sailouh chòuhdāk hóu gányiu, sèhngyaht chījyuh daaihyàhn wáan. Néih làih tùhng kéuih wáan yātjahn lā.

家良：唔係好難啫，我最識氹細路嘅喇。

Gā-lèuhng: M̀haih hóu nàahn jē, ngóh jeui sīk tam sailouh ge la.

家欣：啊，諗起嚕，你最識變魔術嘅嚕。呢樣嘢氹細路幾靈。

Gā-yān: A, námhéi la, néih jeui sīk bin mōseuht ge la. Nīyeuhng yéh tam sailouh géi lèhng.

dǎ hā qian

打哈欠

詞 — 義

普通話「打哈欠」意思是人困的時候不自覺的張嘴深吸氣，然後呼出的現象。

對 — 話

家欣：你覺得今天的電影怎麼樣？
Jiāxīn: Nǐ juéde jīntiān de diànyǐng zěnmeyàng?

家良：這電影太無聊了，看得我一直打哈欠，都快睡着了。
Jiāliáng: Zhèi diànyǐng tài wúliáo le, kàn de wǒ yìzhí dǎ hāqian，dōu kuài shuì zháo le.

家欣：是挺無聊的，你前面的那個女孩兒剛才也是哈欠連天。
Jiāxīn: Shì tǐng wúliáo de, nǐ qiánmiàn de nèige nǚháir gāngcái yě shì hāqian liántiān de.

家良：我看到了，她那個哈欠打得可夠大的，好像馬上就能睡着似的。
Jiāliáng: Wǒ kàn dào le, tā nèige hāqian dǎ de kě gòu dà de, hǎoxiàng mǎshàng jiù néng shuì zháo shìde.

家欣：還有右邊那個男生，也不停地打哈欠 .
Jiāxīn: Háiyǒu yòubiān nèige nánshēng, yě bù tíng de dǎ hāqian.

家良：哦，那個是我的朋友，平時甚麼電影都愛看，但是昨天做作業做到很晚。他八成是因為太睏了才打哈欠的。
Jiāliáng: ò, nèige shì wǒ de péngyou, píngshí shénme diànyǐng dōu ài kàn. Dànshì zuótiān zuò zuòyè zuò dào hěn wǎn. Tā bāchéng shì yīnwèi tài kùn le cái dǎ hāqian de.

家欣：哦，原來是這樣。
Jiāxīn: ò, yuánlái shì zhèyàng.

dá haam louh

打喊露

有學者認為，粵語「打喊露」最早的本字是「打欠呿」，「欠」古音同「陷」，「呿」古音同「慮」，因此「欠呿」發音近似「喊露」。後來《廣東俗語考》注本字為「打凵露」。又因為打喊露時往往會不自覺地發出接近「喊」的聲音，所以很多人開始將錯就錯，將其寫成「打喊露」。

對話

家欣：你話今日套戲好唔好睇呀？
Gā-yān: Néih wah gāmyaht tou hei hóu m̀hóutái a?

家良：呢部電影太無聊嘞，睇到我打晒喊露，瞓着咁滯。
Gā-lèuhng: Nībouh dihnyíng taai mòuhlìuh la, táidou ngóh dásaai haamlouh, fanjeuhk gām jaih.

家欣：咪就係囉，你睇睇你前面個女仔，正話都打緊喊露。
Gā-yān: Maih jauh haih lō, néih táitái néih chìhnmihn go néuihjái, jingwah dōu dágán haamlouh.

家良：我睇到嘞，佢打喊露打得好大聲，好似即刻可以瞓着噉。
Gā-lèuhng: Ngóh táidóu la, kéuih dá haamlouh dádāk hóu daaihsēng, hóuchíh jīkhāak hóyíh fanjeuhk gám.

家欣：你再睇吓右邊個男仔，佢頭先都打喊露打得好大聲。
Gā-yān: Néih joi táiháh yauhbihn go nàahmjái, kéuih tàuhsīn dōu dá haamlouh dádāk hóu daaihsēng.

家良：哦，嗰個係我嘅朋友，平時咩嘢電影都鍾意睇，但係噚日做功課做到好夜。佢九成九係因為太眼瞓先會打喊露嘅。
Gā-lèuhng: Óh, gógo haih ngóhge pàhngyáuh, pìhngsìh mēéh dihnyíng dōu jūngyi tái, daahnhaih kàhmyaht jouh gūngfo jouhdou hóu yeh. Kéuih gáusìhnggáu haih yānwaih taai ngáahnfan sīn wúih dá haamlouh ge.

家欣：哦，原來係噉。
Gā-yān: Óh, yùhnlòih haih gám.

tiǎn zuǐ chún

舔嘴唇

普通話「舔」的意思是用舌頭取食或接觸東西，如：舔盤子、舔傷口；狗舔碗裏的水，把碗舔得乾乾淨淨。

「舐」是個書面語詞，粵語和普通話都是「舔」的意思，如：舐犢情深。粵語口語中也常用這個詞形容以舌頭舔物，如：舐乾淨隻碟。但作為口語後，音卻由 sáai 變為 lém，更為形聲化。

對話

陳太太：阿穎，好久不見！
Chén tàitai: Ā Yǐng, hǎo jiǔ bú jiàn!

阿穎：是啊，好久不見！又去哪兒旅行去了？
Ā Yǐng: Shì a, hǎojiǔ bú jiàn! Yòu qù nǎr lǚxíng qù le?

陳太太：前幾天去了泰國，和我兒子一起體驗了一把熱帶風情。對了，你女兒喜歡我上個月從美國帶回來的糖果嗎？
Chén tàitai: Qián jǐ tiān qù le Tàiguó, hé wǒ érzi yìqǐ tǐyàn le yì bǎ rèdài fēngqíng. Duì le, nǐ nǚ'ér xǐhuan wǒ shàng ge yuè cóng Měiguó dài huílái de tángguǒ ma?

阿穎：喜歡得不得了！昨天我給了她一包，她吃完舔着嘴唇說：「還要！」真是謝謝你了！
Ā Yǐng: Xǐhuan de bùdéliǎo! Zuótiān wǒ gěi le tā yì bāo, tā chī wán tiǎnzhe zuǐchún shuō: "Hái yào!" Zhēn shì xièxie nǐ le!

陳太太：別客气，孩子喜歡就好。那再給你試一下我前幾天在泰國買的湯料，味道也很好。一定會讓你也吃到直舔嘴唇。
Chén tàitai:Bié kèqi, háizi xǐhuan jiù hǎo. Nà zài gěi nǐ shì yíxià wǒ qián jǐ tiān zài Tàiguó mǎi de tāngliào, wèidào yě hěn hǎo. Yídìng huì ràng nǐ yě chī dào zhí tiǎn zuǐchún.

阿穎：是嘛，那一定要試試了。我明天在家做紅燒獅子頭和魚香茄子，帶上你兒子一起來吧！
Ā Yǐng: Shì ma, nà yídìng yào shìshi le. Wǒ míngtiān zài jiā zuò hóngshāo shīzitóu hé yúxiāng qiézi, dài shang nǐ érzi yìqǐ lái ba!

陳太太：好啊，那我們明天見！
Chén tàitai: Hǎo a, nà wǒmen míngtiān jiàn!

lém lém leih

舐舐脷

粵語的「舐脷」跟普通話的「舔嘴唇」意思相同，「脷」即舌頭，但「舐脷」並不代表以舌頭舔舌頭，而是用舌頭舔嘴唇，而且「舐脷」與普通話「舔嘴唇」不同的是沒有提及被舔的嘴唇。

陳太：阿穎，好耐冇見！
Chàhn táai: A-Wīng, hóu noih móuh gin!

阿穎：係喎，好耐冇見！又去咗邊度旅行呢？
A-Wīng: Haih wo, hóu noih móuh gin! Yauh heuijó bīndouh léuihhàhng nē?

陳太：前幾日去咗泰國，同我個仔一齊體驗吓熱帶風情。講起上嚟，你個女鍾唔鍾意我上個月喺美國帶返嚟嘅糖呀？
Chàhn táai: Chìhn géiyaht heuijó Taaigwok, tùhng ngóhgo jái yātchàih táiyihmháh yihtdaai fūngchìhng. Gónghéiséuhnglàih, néih go néui jūng m̀jūngyi ngóh seuhnggo yuht hái Méihgwok daaifāanlàih ge tóng a?

阿穎：佢不知幾鍾意！噚日我俾咗一包佢食，佢食到舐舐脷噉講：「仲有冇呀？」真係多謝晒你！
A-Wīng: Kéuih bātjī géi jūngyi! Kàhmyaht ngóh béijó yātbāau kéuih sihk, kéuih sihkdou lém lém leih gám góng, “juhng yáuh móuh a?” Jānhaih dōjehsaai néih!

陳太：唔使客氣，最緊要係你個女鍾意吖嘛。你再試吓我前幾日喺泰國買嘅湯料，都係幾好味㗎，包保你一樣食到舐舐脷。
Chàhn táai: M̀sái haakhei, jeui gányiu haih néih go néui jūngyi ā ma. Néih joi siháh ngóh chìhn géiyaht hái Taaigwok máaih ge tōnglíu, dōu haih géi hóumeih ga, bāaubóu néih yātyeuhng sihkdou lém lém leih.

阿穎：係咩，噉就一定要試吓嘞。我聽日要喺屋企煮紅燒獅子頭同魚香茄子，帶埋你個仔一齊嚟啦！
A-Wīng: Haih mē, gám jauh yātdihng yiu siháh la. Ngóh tīngyaht yiu hái ngūkkéi jyú hùhngsīu sījítàuh tùhng yùhhēung kéjí, daaimàaih néihgo jái yātchàih làih lā!

陳太：好呃，噉我哋聽日見啦！
Chàhn táai: Hóu aak, gám ngóhdeih tīngyaht gin lā!

dǎ pēn tì

打噴嚏

詞義

普通話「打噴嚏」的意思是鼻粘膜受刺激，急劇吸氣，然後很快地由鼻孔噴出並發出聲音的現象，也叫「嚏噴」。

對話

阿健：阿康，我剛才好像聽到你打噴嚏了，你是不是也生病了？
Ā Jiàn: ā Kāng, wǒ gāngcái hǎoxiàng tīng dào nǐ dǎ pēntì le, nǐ shì bú shì yě shēngbìng le?

阿康：別提了，我這段時間要準備期末考試，天天熬夜複習，身體有點兒吃不消了。
Ā Kāng: Bié tí le, wǒ zhèi duàn shíjiān yào zhǔnbèi qīmò kǎoshì, tiāntiān áoyè fùxí, shēntǐ yǒu diǎnr chī bù xiāo le.

阿健：我最近也是，我們都太用功了。除了打噴嚏，還有沒有哪裏不舒服啊？
Ā Jiàn: Wǒ zuìjìn yě shì, wǒmen dōu tài yònggōng le. Chú le dǎ pēntì, hái yǒu méiyǒu nǎlǐ bù shūfu a?

阿康：還流鼻涕，而且嗓子很疼。
Ā Kāng: Hái liú bítì, érqiě sǎngzi hěn téng.

阿健：那得趕緊吃藥了。
Ā Jiàn: Nà děi gǎnjǐn chī yào le.

阿康：你別光說我，看你也是一個噴嚏接一個噴嚏的，好像比我嚴重啊。
Ā Kāng: Nǐ bié guāng shuō wǒ, kàn nǐ yě shì yí ge pēntì jiē yí ge pēntì de, hǎoxiàng bǐ wǒ yánzhòng a.

阿健：那我們明天下課以後一起去藥店買藥吧。
Ā Jiàn: Nà wǒmen míngtiān xià kè yǐhòu yìqǐ qù yàodiàn mǎi yào ba.

阿康：好，今天我們就早點睡，不開夜車了。
Ā Kāng: Hǎo, jīntiān wǒmen jiù zǎo diǎn shuì, bù kāi yèchē le.

dá　　hāt　　chī

打乞嗤

詞義

在粵語中，「乞嗤」源於借字，即只取其近音而忽略字義，本字「咳嚏」有咳嗽以及鼻噴氣的意思。「乞嗤」的讀音與打乞嗤時發出的聲音相似，所以用來傳神地形容這個十分有聲音特色的動作。

對話

阿健：阿康，我啱啱好似聽到你打乞嗤，你係唔係都病咗呀？
A-gihn: A-Hōng, ngóh ngāamngāam hóuchíh tēngdóu néih dá hātchī, néih haih m̀haih dōu behngjó a?

阿康：唔好提嘞，我呢排為咗準備期末考試，成日通頂溫書，身體有啲頂唔順嘞。
A-hōng: M̀hóu tàih la, ngóh nīpàaih waihjó jéunbeih kèihmuht háausíh, sèhngyaht tūngdéng wānsyū, sāntái yáuhdī díng m̀seuhn la.

阿健：我呢排都係，我哋都太搏嘞。除咗打乞嗤，仲有邊度唔舒服呀？
A-gihn: Ngóh nīpàaih dōu haih, ngóhdeih dōu taai bok la. Chèuihjó dá hātchī, juhng yáuh bīndouh m̀syūfuhk a?

阿康：仲會流鼻水，而且喉嚨好痛添。
A-hōng: Juhng wúih làuh beihséui, yìhché hàuhlùhng hóu tung tīm.

阿健：噉就要快啲食藥嘞。
A-gihn: Gám jauh yiu faaidī sihk yeuhk la.

阿康：你都咪淨係話我嘞，睇你係噉猛打乞嗤，好似仲犀利過我喎。
A-hōng: Néih dōu máih jihnghaih wah ngóh la, tái néih haih gám máahng dá hātchī, hóuchíh juhng sāileihgwo ngóh wo.

阿健：噉我哋聽日落堂之後一齊去藥房買藥啦。
A-gihn: Gám ngóhdeih tīngyaht lohktòhng jīhauh yātchàih heui yeuhkfòhng máaihyeuhk lā.

阿康：好，今晚我哋就早啲瞓，唔好開夜車嘞。
A-hōng: Hóu, gāmmáahn ngóhdeih jauh jóudī fan, m̀hóu hōi yehchē la.

yǎng qǐ tóu
仰起頭

普通話裏「仰」意為「臉朝上」，在口語裏使用較多。身體仰臥水面，用手臂滑水、用腳打水的游泳姿勢普通話叫「仰泳」；用來加強腹肌、鍛煉身體的一種運動方式叫「仰臥起坐」；抬頭向上看可以說「仰臉」，如：她一仰臉，看見了掛在天上的一彎月亮；形容喝得快，可以說：他一仰脖兒，杯子裏的酒已經喝得一滴不剩了。

阿慧：你家樓下那家水果店好像挺火的。
Ā Huì: Nǐ jiā lóu xià nèi jiā shuǐguǒ diàn hǎoxiàng tǐng huǒ de.

小雄：哇！你都知道了！
Xiǎo Xióng: Wà! Nǐ dōu zhīdào le!

阿慧：當然了，常常看見很多人擠在裏面挑水果。你去過了嗎？覺得怎麼樣？
Ā Huì: Dāngrán le, chángcháng kànjiàn hěn duō rén jǐ zài lǐmiàn tiāo shuǐguǒ. Nǐ qùguo le mā? Juéde zěnmeyàng?

小雄：那家水果店真的挺不錯的。那裏的售貨員很熱情，而且榴槤和荔枝都很新鮮，我這幾天常常光顧，吃了很多。
Xiǎo Xióng: Nèi jiā shuǐguǒ diàn zhēnde tǐng bú cuò de. Nàlǐ de shòuhuòyuán hěn rèqíng, érqiě liúlián hé lìzhī dōu hěn xīnxiān, wǒ zhè jǐ tiān chángcháng guānggù, chī le hěn duō.

阿慧：呀！你流鼻血了，快仰起頭！
Ā Huì: Yà! Nǐ liú bí xiě le, kuài yǎng qǐ tóu!

小雄：仰起頭了，怎麼還在流啊？
Xiǎo Xióng: Yǎng qǐ tóu le, zěnme hái zài liú a?

阿慧：還不是因為你吃了太多的榴蓮和荔枝。大夏天的就不要吃那麼多上火的水果了。
Ā Huì: Hái búshì yīnwèi nǐ chī le tài duō de liúlián hé lìzhī. Dà xiàtiān de jiù bú yào chī nàme duō shànghuǒ de shuǐguǒ le.

小雄：哎呀，忍不住嘛，真的很好吃！
Xiǎo Xióng: āiyā, rěn bú zhù ma, zhēn de hěn hǎo chī!

ngohk gōu tàuh

岳高頭

在粵語裏雖然有「仰臥運動」、「仰望」、「瞻仰」等説法，但沒有「仰頭」、「仰臉」、「仰脖子」的説法，相對應的是「岳高頭」。仰泳在香港粵語裏一般説成「背泳」。

阿慧：你屋企樓下嗰間生果檔，好似幾旺噉喎。

A-waih: Néih ngūkkéi làuhhah gó gāan sāanggwó dong, hóuchíh géi wohng gám wo.

雄仔：哦，噉你都知嘅？

Hùhng-jái: Ó, gám néih dōu jī gé?

阿慧：梗係啦，我成日睇到好多人逼埋一堆喺度揀生果。你去過未呀？覺得點呀？

A-waih: Gánghaih lā, ngóh sèhngyaht táidóu hóudō yàhn bīkmàaih yātdēui háidouh gáan sāanggwó. Néih heuigwo meih a? Gokdāk dím a?

雄仔：嗰間生果鋪真係唔錯㗎。嗰度嘅售貨員好熱情，而且榴槤同荔枝都好新鮮，我呢幾日時時幫襯，食咗好多。

Hùhng-jái: Gógāan sāanggwópóu jānhaih m̀cho ga. Gódouh ge sauhfoyùhn hóu yihtchìhng, yìhché làuhlìhn tùhng laihjī dōu hóu sānsīn, ngóh nī géiyaht sìhsìh bōngchan, sihkjó hóudō.

阿慧：喂，你流鼻血嘑，快啲岳高個頭啦！

A-waih: Wai, néih làuh beihhyut la, faaidī ngohk gōu tàuh lā!

雄仔：我岳高個頭嘑，點解仲流緊？

Hùhng-jái: Ngóh ngohk gōu go tàuh la, dímgáai juhng làuhgán?

阿慧：咪因為你食咗太多榴蓮同荔枝囉，大熱天時就唔好食咁多熱氣嘅生果啦。

A-waih: Maih yānwaih néih sihkjó taaidō làuhlìhn tùhng laihjī lō, daaih yiht tīn sìh jauh m̀hóu sihk gamdō yihthei ge sāanggwó lā.

雄仔：哎呀，忍唔住吖嘛，真係好好食！

Hùhng-jái: Aiya, yán m̀jyuh ā ma, jānhaih hóu hóusihk!

yáo tóu huàng nǎo

搖頭晃腦

詞義

普通話裏「搖頭晃腦」用來形容自以為是或是自得其樂的樣子。如：

1. 這些戲迷們最喜歡看熟戲，總是聽着聽着就搖頭晃腦地跟着唱起來了。
2. 老教授說到高興之處就搖頭晃腦吟起唐詩來了。

對話

爸爸：我覺得咱們兒子好像挺有音樂天賦的。
Bàba: Wǒ juéde zánmen érzi hǎoxiàng tǐng yǒu yīnyuè tiānfù de.

媽媽：為甚麼這麼說呢？
Māma: Wèi shénme zhème shuō ne?

爸爸：我昨天給他買了一個 MP3。你看他，一邊聽音樂一邊搖頭晃腦，還挺陶醉的。
Bàba: Wǒ zuótiān gěi tā mǎi le yí ge mpùsān. Nǐ kàn tā, yìbiān tīng yīnyuè yìbiān yáo tóu huàng nǎo, hái tǐng táozuì de.

媽媽：我還記得他剛開始背古詩的時候也是這樣，學着以前教書先生的樣子，搖頭晃腦的。
Māma: Wǒ hái jìde tā gāng kāishǐ bèi gǔshī de shíhou yě shì zhèyàng, xuézhe yǐqián jiāoshū xiānsheng de yàngzi, yáo tóu huàng nǎo de.

爸爸：只要他喜歡，肯學，我們就全力支持他。
Bàba: Zhǐyào tā xǐhuan, kěn xué, wǒmen jiù quánlì zhīchí tā.

fihng tàuh fihng gai

揈頭揈髻

粵語中「搖頭晃腦」並不是口語，僅限於需要使用較書面語的場合。口語中有「搖頭擺腦」的説法，像例句中的老教授，用粵語可以這樣説：「老教授講到興起嘅時候就（搖頭擺腦噉）吟起唐詩上嚟嘑」。但是這個詞的使用頻率並不高，倒是「揈頭揈髻」説得更多一些。如：「聽着強勁的音樂，『揈頭揈髻』，都幾 high 吓。」不過我們很難簡單地説普通話裏的「搖頭」和粵語的「揈頭」是完全對等的。

「揈」大致對應普通話的「甩」這個動作，例如「洗完手唔抹，亂咁揈」。普通話意思是「洗完手不擦，到處亂甩」。同樣，在描述聽節奏強勁的音樂或跳探戈舞時頭部擺動幅度較大的動作時，普通話往往用「甩頭」，如：專家説聽搖滾樂時使勁兒甩頭很危險。粵語俗稱「揈頭丸」的迷幻劑，在內地媒體中稱做「搖頭丸」或「甩頭丸」的都有。

爸爸：我覺得我哋個仔好似好有音樂天份嗰。

Bàhbā: Ngóh gokdāak ngóhdeih go jái hóuchíh hóu yáuh yāmngohk tīnfahn bo.

媽媽：點解噉講呢？

Màhmā: Dímgáai gám góng nē?

爸爸：我噚日買咗部 MP3 俾佢。你睇吓佢，一便聽音樂，一便揈頭揈髻，鬼死咁陶醉。

Bàhbā: Ngóh kàhmyaht máaihjó bouh MP3 béi kéuih. Néih táiháh kéuih, yātbihn tēng yāmngohk, yātbihn fihng tàuh fihng gai, gwáiséi gam tòuhjeui.

媽媽：你仲記唔記得佢啱啱開始背古詩嘅時候都係噉樣，學足舊時啲教書先生噉，揈頭揈髻。

Màhmā: Néih juhng gei m̀geidāk kéuih ngāamngāam hōichí buih gúsī ge sìhhauh dōu haih gámyéung, hohkjūk gauhsìhdī gaausyū sīnsāang gám, fihng tàuh fihng gai.

爸爸：只要佢鍾意，肯學，我哋就全力支持佢。

Bàhbā: Jíyiu kéuih jūngyi, háng hohk, ngóhdeih jauh chyùhnlihk jīchìh kéuih.

dǎ kē shuì

打瞌睡

詞義

普通話中的「瞌」並不單用，一般是和其他的語素構成詞，如：瞌睡、瞌睆 。

對話

阿玲：小麗，聽說妳男朋友最近身體不太好。
A Líng: Xiǎolì, tīngshuō nǐ nán péngyou zuìjìn shēntǐ bú tài hǎo.

小麗：啊，妳聽誰說的？
XiǎoLi: á, nǐ tīng shéi shuō de?

阿玲：他的同事阿康啊。阿康說妳男朋友這個月工作很賣力，每天都熬夜，甚至忙到沒有時間吃飯。
A Líng: Tā de tóngshì ā Kāng a. ā Kāng shuō nǐ nán péngyou zhèi ge yuè gōngzuò hěn màilì, měitiān dōu áoyè, shènzhì máng dào méiyǒu shíjiān chīfàn.

小麗：是喔，上個週末我們去看電影，他看着看着就打起瞌睡來了，我還怪他不專心陪我看電影呢，原來是因為工作太累啦……
Xiǎo Li: Shì ō, shàng ge zhōumò wǒmen qù kàn diànyǐng, tā kànzhe kànzhe jiù dǎ qǐ kēshuì lái le, wǒ hái guài tā bù zhuānxīn péi wǒ kàn diànyǐng ne, yuánlái shì yīnwèi gōngzuò tài lèi la...

阿玲：妳不要總是生他的氣啦。
A Líng: Nǐ búyào zǒngshì shēng tā de qì la.

小麗：我知道啦。
Xiǎo Li: Wǒ zhīdào la.

hāp ngáahn fan

瞌眼瞓

詞－義

但是「瞌」在粵語中用法不同，除了指打盹（瞌眼瞓）之外，也指合上眼、閉上眼，以及小睡（瞌一瞌）。引申開來更可以用來説人們不用花心思去管，可以隨意和放心，像以下例子：「何先生更呼籲市民『盲目』入市：瞌埋雙眼求祈買一隻股票，一定唔會跌！」其中的「瞌埋眼（hāp màaih ngáahn）」在普通話裏可以説「閉着眼睛」。

對－話

阿玲：小麗，聽講妳男朋友呢排身體唔係幾好嚕。

A-lìhng: Síu-Laih, tēnggóng néih nàahm pàhngyáuh nīpáai sāntái m̀haih géi hóu bo.

小麗：呀，妳聽邊個講㗎？

Síu-laih: Á, néih tēng bīn'go góng ga?

阿玲：佢個同事阿康囉。阿康話妳男朋友呢個月做嘢好勤力，日日通頂，仲忙到冇時間食飯添。

A-lìhng: Kéuih go tùhngsih A-hōng lō. A-hōng wah néih nàahm pàhngyáuh nī go yuht jouhyéh hóu kàhnlihk, yahtyaht tūngdéng, juhng mòhngdou móuh sìhgaan sihkfaahn tīm.

小麗：係嚕，上個週末我哋去睇戲，佢睇睇吓就瞌眼瞓，我仲嬲佢唔專心陪我睇電影添，原來係因為做嘢太攰……

Síu-laih: Haih bo, seuhng go jāumuht ngóhdeih heui táihei, kéuih táitáihá jauh hāp ngáahnfan, ngóh juhng nāu kéuih m̀jyūnsām pùih ngóh tái dihnyíng tīm, yùhnlòih haih yānwaih jouhyéh taai guih...

阿玲：妳唔好成日嬲佢啦。

A-lìhng: Néih m̀hóu sèhngyaht nāu kéuih lā.

小麗：我知道嘑。

Síu-laih: Ngóh jīdou la.

yáo tóu

搖頭

詞義

普通話裏的「搖頭」也可以說「搖腦袋」，在粵語中則用「擰頭」，表示拒絕、不贊同、阻止等意義。

對話

阿輝：今天數學課上林老師叫阿健回答問題了。
Ā Huī: Jīntiān shùxué kè shàng Lín lǎoshī jiào ā Jiàn huídá wèntí le.

媽媽：他知不知道怎麼答？
Māma: Tā zhī bu zhīdào zěnme dá?

阿輝：他從來都不唸書，怎麼可能會知道？他搖了搖頭說：「我真的不知道」。
Ā Huī: Tā cónglái dōu bú niànshū, zěnme kěnéng huì zhīdào? Tā yáo le yáo tóu shuō: "wǒ zhēn de bù zhīdào".

媽媽：老師罵沒罵他？
Māma: Lǎoshī mà méi mà tā?

阿輝：沒有，老師叫他回去複習一下。
Ā Huī: Méiyǒu, lǎoshī jiào tā huíqù fùxí yíxià.

媽媽：林老師人真好。如果他很兇地罵阿健，可能阿健就開始恨數學了。
Māma: Lín lǎoshī rén zhēn hǎo. Rúguǒ tā hěn xiōng de mà ā Jiàn, kěnéng ā Jiàn jiù kāishǐ hèn shùxué le.

阿輝：是啊，林老師很會教育學生。
Ā Huī: Shì a, Lín lǎoshī hěn huì jiàoyù xuésheng.

nihng táu

擰頭

「搖」是擺動的意思，普通話中可與多種物體搭配，例如「搖扇子」、「搖旗子」、「搖了搖尾巴」、「搖頭表示不同意」。上述詞組的正確粵語表達分別為「撥扇」、「fihk（有音無字）旗」、「搖吓條尾」、「擰頭表示唔同意」。所以「搖」和「擰」並非絕對對應關係。

「擰」的本義是扭轉。普通話和粵語都用，如普通話說「擰螺絲」、「擰緊瓶蓋兒」等，粵語也說「擰螺絲」、「擰實個樽蓋」等。但普通話沒有「擰頭」的說法。

阿輝：今日林先生叫咗阿健答數學問題。
A-fāi: Gāmyaht Làhm sīnsāng giujó A-gihn daap souhohk mahntàih.

媽媽：佢知唔知點答呀？
Màhmā: Kéuih jī m̀jī dím daap a?

阿輝：佢從來都唔讀書，點可能識吖？佢擰吓個頭話，「我真係唔知道」。
A-fāi: Kéuih chùhnglòih dōu m̀duhksyū, dím hónàhng sīk ā? Kéuih nihngháh go táu wah, “ngóh jānhaih m̀jīdou”.

媽媽：先生有冇鬧佢呀？
Màhmā: Sīnsāang yáuhmóuh naauh kéuih a?

阿輝：冇，先生叫佢返去溫吓書。
A-fāi: Móuh, sīnsāang giu kéuih fāanheui wānháhsyū.

媽媽：林先生真係好好人，如果好惡噉鬧阿健，或者阿健就開始憎數學嘑。
Màhmā: Làhm sīnsāang jānhaih hóu hóuyàhn, yùhgwó hóu ok gám naauh A-gihn, waahkjé A-gihn jauh hōichí jāng souhohk la.

阿輝：係呀，林先生好識教育學生。
A-fāi: Haih a, Làhm lóuhsī hóu sīk gaauyuhk hohksāang

diǎn tóu

點頭

詞義

普通話「點頭」是指頭上下微動，表示答應、贊成、領會等意思。如：點頭稱是、點頭會意；表示泛泛之交也説「點頭之交」。

對話

阿莊：阿儀，我們買四個橙子、四個蘋果去醫院看老陳，好不好？吃橙子和蘋果對身體有好處。

Ā Zhuāng: ā Yí, wǒmen mǎi sì ge chéngzi, sì ge píngguǒ qù yīyuàn kàn Lǎo Chén, hǎo bu hǎo? Chī chéngzi hé píngguǒ duì shēntǐ yǒu hǎo chù.

阿儀：咦，「四」「四」「四」，多難聽啊！你真是在國外生的，對中國人的講究一點兒都不懂。

Ā Yí: Yí, “sì” “sì” “sì”, duō nántīng a! Nǐ zhēn shì zài guówài shēng de, duì Zhōngguórén de jiǎngjiu yìdiǎnr dōu bù dǒng.

阿莊：是這樣啊！西方人不覺得「四」有甚麼問題，不過，他們倒是不喜歡「十三」。

Ā Zhuāng: Shì zhèyàng aá Xīfāng rén bù juéde “sì” yǒu shénme wèntí, búguò, tāmen dàoshì bù xǐhuan “shísān”.

阿儀：哦，對了，我那次去印度才知道，他們是點頭不算搖頭算，跟我們正好相反。有意思吧？

Ā Yí: ò, duì le, wǒ nà cì qù Yìndù cái zhīdào, tāmen shì diǎntóu bú suàn yáotóu suàn, gēn wǒmen zhènghǎo xiāngfǎn. Yǒu yìsi ba?

阿莊：哇，看來在印度買東西，講價的時候還真得小心，不能弄錯啊。

Ā Zhuāng: Wā, kànlái zài Yìndù mǎi dōngxi, jiǎngjià de shíhou hái zhēn děi xiǎoxīn, bù néng nòng cuò a.

ngahp táu

岌頭

要表達「點頭」這個動作，粵語口語應該說「岌頭」；但如果要用粵語說出「點頭稱是」、「點頭會意」、「點頭之交」以上四字熟語，可以逐字照念，而不必轉換成「岌頭」。

另外，描述一間舊房子的屋頂「搖搖欲墜」，會隨時倒下來時，粵語可以說「搖搖岌岌（yiuyiuh ngahpngahp）」或者「岌岌吓（ngahpngahphá）」，同樣有上下微動的含義。

對－話

阿莊：我哋買四個橙、四個蘋果去醫院探老陳，好嗎？食橙同蘋果有益呀。

A-Jōng: Ngóhdeih máaih seigo cháang, seigo pìhnggwó heui yīyún taam Lóuh-Chán, hóu ma? Sihk cháang tùhng pìhnggwó yáuhyīk a.

阿儀：咦！「四」「四」聲，咁難聽！你喺外國出世，真係唔識中國人規矩喎。

A-Yìh: Yí! “Sei” “sei” sēng, gam nàahntēng! Néih hái ngoihgwok chēutsai, jānhaih m̀sīk Jūnggwokyàhn kwāigéui wo.

阿莊：噉嘅咩！啲西人唔覺得「四」有咩問題，不過佢哋就忌「十三」囉。

A-Jōng: Gám ge mē! Dī sāiyàhn m̀gokdāk “sei” yáuh mē mahntàih, bātgwo kéuihdeih jauh geih “sahpsāam” lō.

阿儀：呀，係噃，我嗰次去印度， 原來佢哋同我哋啱啱調轉喋， 佢哋岌頭係指「唔係」，擰頭先至表示「係」。幾得意呀可？

A-Yìh: A, haih la, ngóh góchi heui Yandouh, yùhnlòih kéuihdeih tùhng ngóhdeih āamāam diuhjyun ga, kéuihdeih ngahptáu haih jí “m̀haih”, nihngtáu sīnji bíusih “haih”. Géi dākyi a hó?

阿莊：哇，噉喺印度買嘢，同人講價嗰陣，千祈小心唔好搞錯嚼。

A-Jōng: Wa, gám hái Yandouh máaihyéh, tùhng yàhn góngga góján, chīnkèih yiu sīusām m̀hóu gáaucho bo.

yàn tuò mo

咽唾沫

詞－義

普通話「咽」是使嘴裏的食物或別的東西通過咽喉到食管裏去，如：細嚼慢咽。「咽唾沫」雖是一種生理活動，但也可以通過這種生理活動來體現人的心理狀態，如普通話形容一個人嘴饞可以說：聞到一陣香味兒，我不禁咽了口唾沫。

對－話

爸爸：誰把我的清朝花瓶給打碎了？阿莊，你在那兒直咽唾沫，是不是你？
Bàba: Shéi bǎ wǒ de Qīngcháo huāpíng gěi dǎ suì le? ā Zhuāng, nǐ zài nàr zhí yàn tuòmo, shì bú shì nǐ?

阿莊：是……是我……打碎的。
Ā Zhuāng: Shì...shì wǒ...dǎ suì de.

爸爸：算啦，華盛頓砍了他父親的櫻桃樹都肯認錯，你和他一樣乖，肯認錯，我就原諒你了。不過，花瓶就沒辦法再種出來了……
Bàba: Suàn la, Huáshèngdùn kǎn le tā fùqīn de yīngtao shù dōu kěn rèncuò, nǐ hé tā yíyàng guāi, kěn rèncuò, wǒ jiù yuánliàng nǐ le. Búguò, huāpíng jiù méi bànfǎ zài zhòng chūlái le...

tān háu séui

吞口水

粵語裏與「咽唾沫」對應的説法是「吞口水」，和普通話一樣，既描寫生理活動，也體現心理狀態，如上面的例子用粵語來説就是「聞到一陣香味，我忍唔住吞咗幾啖口水。」用以表達渴求的心情時，粵語則多用「流口水」，如「最新嗰款電話仲未出街，佢已經流晒口水嚕。」

對話

爸爸：邊個打爛咗我個清朝花樽？阿莊，你喺度猛吞口水，係咪你？
Bàhbā: Bīngo dálaahnjó ngóh go Chīngchìuh fājēun? A-jōng, néih háidouh máahng tān háuséui, haih maih néih?

阿莊：係……係我……打爛嘅。
A-Jōng: Haih...haih ngóh...dálaahn ge.

爸爸：算啦，華盛頓斬咗佢爸爸嘅櫻桃樹都肯認錯，你好似佢咁乖，肯認錯，我就原諒你啦。不過，花樽就冇辦法種返出嚟嘅嚕……
Bàhbā: Syun lā, Wàhsihngdeuhn jáamjó kéuih bàhbā ge yīngtòuhsyuh dōu háng yihngcho, néih hóuchíh kéuih gam gwāai, háng yihngcho, ngóh jauh yùhnleuhng néih lā. Bātgwo, fājēun jauh móuh baahnfaat jungfāan chēutlàih ge la...

yē zháo le

噎着了

詞義

普通話「噎」指食物堵住食管，如：他吃得太急，噎住了。也可以指用言語頂撞人或使人受窘沒法兒接着説下去，如：他一句話就把人家給噎回去了。

對話

小麗：喂，你快過來看看，問題好像有點兒嚴重。
Xiǎo Lì: Wèi, nǐ kuài guòlái kànkan, wèntí hǎoxiàng yǒudiǎnr yánzhòng.

阿儀：怎麼了？
Ā Yí: Zěnme le?

小麗：你女兒吃得太快，噎着了。
Xiǎo Lì: Nǐ nǚ'ér chī de tài kuài, yē zháo le.

阿儀：給她多喝點兒水，然後告訴她慢點兒吃，不是甚麼大事。
Ā Yí: Gěi tā duō hē diǎnr shuǐ, ránhòu gàosu tā màn diǎnr chī, bú shì shénme dàshì.

小麗：你為甚麼一點兒都不擔心呢？
Xiǎo Lì: Nǐ wèi shénme yìdiǎnr dōu bù dānxīn ne?

阿儀：她天天都這樣，吃得又多又快。其實我倒是有點兒擔心她長大之後會不會做事也很心急。
Ā Yí: Tā tiāntiān dōu zhèyàng, chī de yòu duō yòu kuài. Qíshí wǒ dàoshì yǒudiǎnr dānxīn tā zhǎng dà zhīhòu huì bu huì zuò shì yě hěn xīnjí.

小麗：我幫你教育教育她，讓她不要吃那麼快。
Xiǎo Lì: Wǒ bāng nǐ jiàoyù jiàoyù tā, ràng tā búyào chī nàme kuài.

káng chān

骾親

粵語中如要表達「吃得太急，噎着了」就可以用「骾親」，但是「骾」字並沒有語言頂撞而導致無話可說的意思，因此這方面不能跟普通話對應。

小麗：喂，你快啲過來睇吓啦，大件事嘑！
Síu-laih: Wai, néih faaidī gwolàih táiháh lā, daaihgihnsih la!

阿儀：點啊？
A-yìh: Dím a?

小麗：你個女食得太快，骾親嘑。
Síu-laih: Néih go néui sihkdāk taai faai, kángchān la.

阿儀：俾佢飲多啲水，叫佢食慢啲啦，唔係好大問題啫。
A-yìh: Béi kéuih yám dōdī séui, giu kéuih sihk maahndī lā, m̀haih hóu daaih mahntàih jē.

小麗：點解你一啲都唔擔心嘅？
Síu-laih: Dímgáai néih yātdī dōu m̀dāamsām gé?

阿儀：因為佢成日都係噉，食得又多又快。其實我就有啲擔心佢大個之後做嘢會不會都好心急。
A-yìh: Yānwaih kéuih sèhngyaht dōu haih gám, sihkdāk yauh dō yauh faai. Kèihsaht ngóh jauh yáuhdī dāamsām kéuih daaihgo jīhauh jouhyéh wúih m̀wúih dōu hóu sāmgāp.

小麗：我幫你教育吓佢，叫佢唔好食咁快。
Síu-laih: Ngóh bōng néih gaauyuhkháh kéuih, giu kéuih m̀hóu sihk gam faai.

bĕng liǎn

繃臉

詞－義

普通話「繃」有拉緊，撐緊的意思，如：繃緊繩子；也有勉強支撐或忍住的意思，如：他繃着臉，一句話也沒說。這裏「繃臉」意思是臉上完全沒有笑容，顯出嚴肅或不高興的樣子。

對－話

阿莊：你怎麼好像有點兒不開心？
Ā Zhuāng: Nǐ zěnme hǎoxiàng yǒudiǎnr bù kāixīn?

阿康：都怪我女朋友，她天天生我的氣。
Ā Kāng: Dōu guài wǒ nǚ péngyou, tā tiāntiān shēng wǒ de qì.

阿莊：為甚麼？
Ā Zhuāng: Wèi shénme?

阿康：我怎麼知道？有時候她特別想買一些很貴的東西，連她自己都知道我負擔不起。但是當我問她買個便宜點兒的行不行時，她就臉一繃，說「不行」，然後就開始生我的氣了……
Ā Kāng: Wǒ zěnme zhīdào? Yǒu shíhou tā tèbié xiǎng mǎi yìxiē hěn guì de dōngxi, lián tā zìjǐ dōu zhīdào wǒ fùdān bu qǐ. Dànshì dāng wǒ wèn tā mǎi ge piányi diǎnr de xíng bu xíng shí, tā jiù liǎn yì běng, shuō "bù xíng", ránhòu jiù kāishǐ shēng wǒ de qì le...

阿莊：結果你買了嗎？
Ā Zhuāng: Jiéguǒ nǐ mǎi le ma?

阿康：當然沒買了，我哪兒有那麼多錢。
Ā Kāng: Dāngrán méi mǎi le, wǒ nǎr yǒu nàme duō qián.

阿莊：那你想不想和她分手？
Ā Zhuāng: Nà nǐ xiǎng bu xiǎng hé tā fēnshǒu?

阿康：其實我很喜歡她……
Ā Kāng: Qíshí wǒ hěn xǐhuan tā ...

阿莊：沒辦法，那你就只能多賺錢了。
Ā Zhuāng: Méi bànfǎ, nà nǐ jiù zhǐ néng duō zhuàn qián le.

báan héi faai mihn

板起塊面

「繃臉」這種表情在粵語中的表達是「板起塊面」。普通話可以説「把臉一繃」，但粵語沒有這種結構。

對話

阿莊：點解你好似有啲唔開心嘅？
A-jōng: Dímgáai néih hóuchíh yáuhdī m̀hōisām gé?

阿康：一日都係我個女朋友啦，佢成日嬲我。
A-hōng: Yātyaht dōu haih ngóh go néuih pàhngyáuh lā, kéuih sèhngyaht nāu ngóh.

阿莊：點解呀？
A-jōng: Dímgáai a?

阿康：我點知？有時佢好想買啲好貴嘅嘢，其實佢自己都知我負擔唔起啦。但係我問佢買個平啲嘅得唔得，佢就板起塊面話，「唔得」，跟着就開始嬲我嘑……
A-hōng: Ngóh dím jī? Yáuhsìh kéuih hóu séung máaih dī hóu gwai ge yéh, kéuih jihgéi dōu jī ngóh fuhdāam m̀héi lā. Daahnhaih ngóh mahn kéuih máaih go pèhngdī ge dāk m̀dāk,kéuih jauh báanhéi faai mihn wah, “m̀dāk”, gānjyuh jauh hōichí nāu ngóh la...

阿莊：結果你有冇買呀？
A-jōng: Gitgwó néih yáuh móuh máaih a?

阿康：梗係冇啦，我邊有咁多錢呀。
A-hōng: Gánghaih móuh lā, ngóh bīn yáuh gamdō chín a.

阿莊：噉你想唔想同佢分手吖？
A-jōng: Gám néih séung m̀séung tùhng kéuih fānsáu ā?

阿康：其實我好鍾意佢嘅……
A-hōng: Kèihsaht ngóh hóu jūngyi kéuih ge…

阿莊：冇計啦，噉你唯有賺多啲錢嘑。
A-jōng: Móuh gái lā, gám néih wàihyáuh jaahn dō dī chín la.

diāo zhe yān juǎnr

叼着煙卷

詞義

普通話的「叼」只表示「用嘴夾住（物體一部分）」這個動作，如：他嘴裏叼着煙卷，黃鼠狼叼走了小雞。

對話

媽媽：莉莉，走路的時候要注意自己的姿態，這樣才能成為一個優雅的女生，知不知道啊？
Māma: Lìli, zǒulù de shíhou yào zhùyì zìjǐ de zītài, zhèyàng cái néng chéngwéi yí ge yōuyǎ de nǚshēng, zhī bu zhīdào a?

莉莉：知道了，媽媽。
Lìli: Zhīdào le, māma.

媽媽：妳看街對面那個女人，嘴裏叼着煙卷兒，雙手叉着腰，多難看啊！
Māma: Nǐ kàn jiē duìmiàn nà ge nǚrén, zuǐ lǐ diāozhe yānjuǎnr, shuāng shǒu chāzhe yāo, duō nánkàn a!

莉莉：可不是！我可不會像她那樣。
Lìli: Kě bú shì! Wǒ kě bú huì xiàng tā nàyàng.

媽媽：嗯，我女兒最乖了。
Māma: Ǹg, wǒ nǚ'ér zuì guāi le.

dāam jyuh jī yīn

擔住枝煙

粵語裏「擔」字則可以表示三種不同的動作。第一是「扁擔兩頭掛上東西，用肩膀支起搬運」，如「擔水」即挑水的意思；第二個用法特指頭「抬起」，「擔高個頭」，指的是抬起頭來；第三個就是「叼」，如「隻貓擔住一條魚」。
另外，普通話說「打傘」，粵語習慣說「擔遮」。

媽媽：莉莉，行路嗰陣時要注意自己嘅姿態，噉先似返個斯文嘅女仔，知唔知道呀？
Màhmā: Leih-leih, hàahnglouh gójahnsìh yiu jyuyi jihgéi ge jī'taai, gám sīn chíhfāan go sīmàhn ge néuihjái, jī m̀jīdou a?

莉莉：我知噱，媽媽。
Leih-leih: Ngóh jī la, màhmā.

媽媽：妳睇對面街嗰個女人，擔住枝煙，兩隻手叉住條腰，幾核突呀。
Màhmā: Néih tái deuimihn gāai gógo néuihyán, dāamjyuh jī yīn, léuhngjek sáu chājyuh tìuh yīu, géi wahtdaht a.

莉莉：咪係囉！我唔會好似佢噉嘅。
Leih-leih: Maih haih lō! Ngóh m̀wúih hóuchíh kéuih gám ge.

媽媽：嗯，我個女最乖嘅噱。
Màhmā: M̀h, ngóh go néui jeui gwāai ge la.

piǎo yi yǎn　　miáo yi yǎn

瞟一眼 / 瞄一眼

詞－義

普通話「瞟」的意思是用眼睛斜着看，如：他用眼角的餘光瞟了一眼坐在牆角的人。「瞟一眼」也指很快地看一眼。如：小妹的眼睛厲害，只要瞟一眼就能知道人家拿的手袋是甚麼牌子的。

而「瞄」則指把視力集中在一點上，「瞄一眼」在口語中可以表示有目標的快速看一眼。如：你不要一直偷偷瞄人家姑娘，被人發現了多不好啊！

對－話

經理：小陳，你真是警惕性高啊。如果不是你早早報警抓住那個賊，公司一定會損失很多錢的。

Jīnglǐ: Xiǎo Chén, nǐ zhēn shì jǐngtì xìng gāo a. Rúguǒ bú shì nǐ zǎozǎo bàojǐng zhuā zhù nèige zéi, gōngsī yídìng huì sǔnshī hěn duō qián de.

小陳：您過獎了，經理。其實我一早就發現那個人有點不對勁兒。他一邊走一邊偷偷瞄着我們的名牌手錶，還不時地瞟我一眼。果然真的是想偷我們的東西。

Xiǎo Chén: Nín guòjiǎng le, jīnglǐ. Qíshí wǒ yìzǎo jiù fāxiàn nèige rén yǒudiǎnr bú duìjìnr. Tā yìbiān zǒu yìbiān tōutōu miáozhe wǒmen de míngpái shǒubiǎo, hái bùshí de piǎo wǒ yì yǎn. Guǒrán zhēn de shì xiǎng tōu wǒmen de dōngxi.

經理：你快先跟警察去派出所錄口供，下午就不用回來了，可以休半天假。

Jīnglǐ : Nǐ kuài xiān gēn jǐngchá qù pàichūsuǒ lù kǒugòng, xiàwǔ jiù búyòng huílái le, kěyǐ xiū bàntiān jià.

sàauh yāt ngáahn

睄 一 眼

粵語中，形容掃視東西的動作是「睄」。「睄」字跟「瞧」字同音同義，所以也可以讀成「chìuh」，但「chìuh」並非口語，口語中應讀作「sàauh」。

經理：陳仔，你係醒喎，如果唔係你早啲報警拉咗個賊，公司就會損失好多錢嘑。

Gīngléih: Chánjái, néih haih síng wo, yùhgwó m̀haih néih jóudī bougíng lāaijó go cháak, gūngsī jauh wúih syúnsāt hóudō chín la.

陳仔：過獎嘑，經理，其實我一早就發現嗰個人有啲唔妥。佢一面行一面靜靜雞睄住我哋啲名牌手表，仲時不時睄我一眼添。果然真係想偷我哋啲嘢。

Chán-jái: Gwojéung la, gīngléih, kèihsaht ngóh yātjóu jauh faatyihn gógo yàhn yáuhdī m̀tóh. Kéuih yātmihn hàahng yātmihn jihngjínggāi sàauhjyuh ngóhdeih dī mìhngpàaih sáubīu, juhng sìhbātsih sàauh ngóh yāt ngáahn tīm. Gwóyìhn jānhaih séung tāu ngóhdeih dī yéh.

經理：你快啲跟啲阿 Sir 返差館落口供先，下晝你唔使返嚟嘑，可以放半日假。

Gīngléih: Néih faaidī gān dī A-sèuh fāan chāaigún lohk háugūng sīn, hahjau néih m̀sái fāanlàih la, hóyíh fong bunyaht ga.

dīng zhe kàn

盯着看

普通話「盯着看」的意思是把視線集中在一點上，如：他看得入了迷，眼睛盯着電視機一眨也不眨，生怕錯過了比賽的任何細節。還有：死死地盯着、目不轉睛地盯着、呆呆地盯着之類的説法。

對話

姐姐：喂，你不要一直盯着人家看吶，不禮貌。
Jiějie: Wèi, nǐ búyào yìzhí dīngzhe rénjiā kàn na, bù lǐmào.

妹妹：我不是在盯着看人，我在看她的包，設計很獨特。
Mèimei: Wǒ búshì zài dīngzhe kàn rén, wǒ zài kàn tā de bāo, shèjì hěn dútè.

姐姐：是嘛，可是你這樣會被人家誤會的喔！
Jiějie: Shì ma, kěshì nǐ zhèyàng huì bèi rénjiā wùhuì de ō!

gahp jyuh

岌住

粵語中對應的詞語是「岌住」，如：「佢岌住個電視，眼都唔眨。」。「岌住」還可以表示「小心看管」，如：「我要行開一陣，你要幫我岌住我個袋喎！」。

對－話

家姐：喂，你不好一直岌住人哋啦，唔禮貌㗎。

Gājē: Wai, néih m̀hóu yātjihk gahpjyuh yàhndeih lā, m̀láihmaaih ga.

妹妹：我唔係岌住人，我係喺度睇佢個袋，設計好獨特吖嘛。

Mùihmúi: Ngóh m̀haih gahpjyuh yàhn, ngóh haih háidouh tái kéuih go dói, chitgai hóu duhkdahk ā ma.

家姐：係咩，但係你噉樣會俾人哋誤會嘅噃！

Gājē: Haih mē, daahnhaih néih gámyéung wúih béi yàhn nghwuih ge bo!

練習：

一、先把本頁跟右頁的圖配對，在空格內填上 a 至 e，然後在括弧內填上適當的答案。

(a)

Nǐ shì bu shì tōu le qiánbāo?
Néih haihm̀haih tāujó ngàhnbāau?

(b)

Chuān bǐjīní de nǚháir tèbié xìnggǎná
Jeukjó béigīnnèih ge néuihjái dahkbiht singgám!

(c)

Tā xiǎng: Qǐng nǐ jià gěi wǒ!
Kéuih nám: Chéng néih ga béi ngóh!

(d)

Wǒ zuì xǐhuan tīng yáogǔn yīnyuè.
Ngóh jeui jūngyi tēng yìuhgwán yāmngohk.

(e)

Zhè mén kè zhēn mèn!
Nī fō jānhaih muhn!

yáo tóu huàng nǎo
dǎ kēshuì
diǎntóu
yǎngqǐ tóu
yáotóu
(1)
(   )
(2)
(   )
(3)
(   )
(4)
(   )
(5)
(   )

二、請在下列圖中的括號內填上 A-Z。

A 漱口 shùkǒu

B. 打呼嚕 dǎ hūlu

C. 打哈欠 dǎ hāqian

D. 打嗝 dǎgé

E. 打噴嚏 dǎ pēntì

F. 抽煙 chōuyān

三、請在右欄圈上正確的答案。

1. 小美： 你知道他昨天在街上碰到劉德華還拿了他的簽名嗎？
   珍珍： 怪不得他整天對着一張紙（　）了。

   A. 抿着嘴笑
   B. 噘着嘴笑
   C. 咧着嘴笑

2. 喂！我知道那個女孩很漂亮，但你也不要一直（　）她吧！

   A. 瞪着
   B. 盯着
   C. 眯着

3. 一看到酸梅，我就想（　）了。

   A. 咽吐沫
   B. 抽鼻子
   C. 嘬奶嘴

4. 她看到一個白影飄過，以為是鬼，所以嚇得（　）。

   A. 瞟了一眼
   B. 瞪大了眼睛
   C. 眯着眼睛

5. 小明： 她今天早上對我（　）一笑！她很可愛。
   小良： 是嗎？她買小食時對那個阿姨也這樣笑。

   A. 抿嘴
   B. 撇嘴
   C. 噘嘴

四、請填上與句子中劃線的粵語詞語對應的普通話詞語。

噎着了	舔嘴唇	哄孩子	龇牙咧嘴	嚼不爛
咬牙切齒	親一下	繃着臉	啃玉米	照稿念

1 佢買咗一包餅乾食，點噍都噍唔爛。 = ________________

2 嗰個細路仔食飯食得太急，爭啲骾親。 = ________________

3 我每日都要刨粟米食，唔刨唔舒服。 = ________________

4 嗰個演員做戲嗰陣好似跟稿讀咁，都唔識做戲嘅。 = ________________

5 我哋嘅數學老師成日板住塊面，好似好嚴肅咁，所以我哋上佢堂唔敢傾偈。 = ________________

6 婆婆煮嘅餸好好食，聞倒啲香味已經舐舐脷喇。 = ________________

7 個啤啤仔好得意，係人都想錫一啖。 = ________________

8 我爹哋最叻氹細路，每次妹妹唔想做功課，佢都識氹佢做。

____

妙手偶得

「手」有多長？

在香港常常聽人說：「這個人手長腳長，適合去打排球」。可是這話在說普通話的人聽起來就覺得有點奇怪：打排球需要胳膊長，光手長有甚麼用？沒錯！在粵語中「手長腳長」意思就是「胳膊長腿長」(「腿」和「腳」的對應請參看「累足成步」)。

「手」在甲骨文中是一個象形字，用左手和右手的手指方向來表示「左手」和「右手」(如圖：𠂇 又)。在《現代漢語詞典中》「手」的釋義為：人體上肢前端能拿東西的部分(亦說腕以下部分)。普通話中「手」的用法保留了這個意思。在「手足無措」、「手舞足蹈」等眾多成語中也可以看出「手」是和「腳」相對應的。而粵語中，「手」的意思有了擴展，可以指從肩膀到手指的整個部分。如：「手睜」指的是「胳膊肘」；「手瓜」指的是「胳膊，上臂」；「手袖」說的是套在前臂上的「套袖」。「手」的意思在普通話和粵語中存在這樣的差異，難怪說普通話的人不能理解打排球時「手長腳長」的優勢。

《說文解字》中說「凡手之屬皆從手」，就讓我們看看那些「從手」的名詞、動詞在普粵中有甚麼不同吧！

róu yǎn jing

揉眼睛

詞義

普通話「揉」的常用意思有兩個：一是用手來回擦或搓，如：揉眼睛、揉搓；二是團弄，如：揉面、揉泥球。

對話

阿麗：阿偉，你又打了一天遊戲，眼睛不累啊？
Ā Lì: ā Wěi, nǐ yòu dǎ le yì tiān yóuxì, yǎnjing bú lèi a?

阿偉：累啊，又癢又疼，還挺難受的。
Ā Wěi: Lèi a, yòu yǎng yòu téng, hái tǐng nánshòu de.

阿麗：你的手不乾淨，別揉眼睛。要不要滴眼藥水？我那兒還有一瓶。
Ā Lì: Nǐ de shǒu bù gānjìng, bié róu yǎnjing. Yào bu yào dī yǎnyàoshuǐ? Wǒ nàr háiyǒu yì píng.

阿偉：不用了，我要把這局打完才能休息，不然隊友又該埋怨我了。
Ā Wěi: Bú yòng le, wǒ yào bǎ zhè jú dǎ wán cái néng xiūxi, bùrán duìyǒu yòu gāi mányuàn wǒ le.

阿麗：那好吧，不過你真的要注意一下用眼衛生了，上了大學之後你的眼鏡度數都漲了三百多了。
Ā Lì: Nà hǎo ba, búguò nǐ zhēn de yào zhùyì yíxià yòng yǎn wèishēng le, shàng le dàxué zhīhòu nǐ de yǎnjìng dùshù dōu zhǎng le sān bǎi duō le.

阿偉：你的度數不是也漲了不少嗎？
Ā Wěi: Nǐ de dùshù búshì yě zhǎng le bù shǎo ma?

阿麗：我是因為看書看得多，哪像你天天不務正業。
Ā Lì: Wǒ shì yīnwèi kàn shū kàn de duō, nǎ xiàng nǐ tiāntiān bú wù zhèng yè.

jēutngáahn 捽眼

詞義

粵語「捽」指用手在物體表面來回摩擦，如：捽巢啲紙；捽熱對手，就可以體會摩擦產生熱嘅原理啦。

對話

阿麗：阿偉，你又打咗成日機，對眼唔攰㗎？
A-laih: A-Wáih, néih yauh dájó sèhngyaht gēi, deui ngáahn m̀guih gàh?

阿偉：攰㗎，又痕又痛，都幾唔舒服㗎。
A-wáih: Guih ga, yauh hàhn yauh tung, dōu géi m̀syūfuhk ga.

阿麗：你對手唔乾淨，唔好捽眼。使唔使滴眼藥水呀？我嗰度仲有一樽。
A-laih: Néih deui sáu m̀gōnjehng, m̀hóu jēut ngáahn. Sái m̀sái dihk ngáahnyeuhkséui a? Ngóh gódouh juhng yáuh yātjēun.

阿偉：唔使嘑，我要打完呢盤先抖得，如果唔係我啲隊友又嬲嘅嘑。
A-wáih: M̀sái la, ngóh yiu dáyùhn nī pùhn sīn táudāk, yùhgwó m̀haih ngóh dī deuihyáuh yauh nāu ge la.

阿麗：好啦，不過你真係要注意吓對眼嘑噃，好似入咗大學之後你已經深咗三百幾度嘑。
A-laih: Hóu lā, bātgwo néih jānhaih yiu jyuyiháh deui ngáahn la bo, hóuchíh yahpjó daaihhohk jīhauh néih yíhgīng sāmjó sāambaakgéi douh la.

阿偉：妳又咪深咗好多？
A-wáih: Néih yauh maih sāmjó hóu dō?

阿麗：我係因為睇書睇得多，唔似你不務正業。
A-laih: Ngóh haih yānwaih táisyū táidāk dō, m̀chíh néih bāt mouh jingyihp.

bá yá
拔 牙

詞義

普通話「拔」的含義有很多，最常見的意思是：把固定或隱藏在其他物體裏的東西往外拉；抽出，如：拔草、拔牙、拔苗助長。「拔」還有「吸出」的意思，如：拔毒、拔火罐兒。

對話

醫生：小夥子，可以開始拔牙了嗎？
Yīshēng: Xiǎohuǒzi, kěyǐ kāishǐ bá yá le ma?

病人：您確定沒問題嗎？我還是覺得很害怕。
Bìngrén: Nín quèdìng méi wèntí ma? Wǒ háishi juéde hěn hàipà.

醫生：不用怕，我動作快一點兒，一下兒就好了。
Yīshēng: Bú yòng pà, wǒ dòngzuò kuài yì diǎnr, yíxiàr jiù hǎo le.

病人：好吧，長痛不如短痛……
Bìngrén: Hǎo ba, cháng tòng bù rú duǎn tòng……

（成功拔牙）
（chénggōng bá yá）

醫生：怎麼樣？不太疼吧？
Yīshēng: Zěnmeyàng? Bú tài téng ba?

病人：是啊，只是這拔牙還真要有點兒勇氣。
Bìngrén: Shì a, zhǐshì zhè bá yá hái zhēn yào yǒu diǎnr yǒngqì.

mōk ngàh

剝牙

粵語中「拔牙」這個意思可以説「剝牙」，也可以説「掹牙」，或較正式的「脱牙」；但「拔草」就只能説「掹草（māngchóu）」。粵語「剝」還有「脱」的意思，如：剝光豬，原義是把衣服脱得精光，引申指人下棋時棋子完全被對方吃光，輸得很慘。

對話

醫生：後生仔，我哋開始剝得牙未呀？
Yīsāng: Hauhsāangjái, Ngóhdeih hōichí mōkdāk ngàh meih a?

病人：真係得㗎？我仲係覺得好驚呀。
Behngyàhn: Jānhaih dāk gàh? Ngóh juhnghaih gokdāk hóu gēng a.

醫生：唔使驚，我動作快啲，好快就得㗎嘑。
Yīsāng: M̀sái gēng, ngóh duhngjok faai dī, hóu faai jauh dāk ga la.

病人：好啦，長痛不如短痛……
Behngyàhn: Hóu lā, chèuhng tung bātyùh dyún tung....

（成功剝牙）
(sìhnggūng mōk ngàh)

醫生：係咪呀？唔係幾痛啫。
Yīsāng: Haih maih a? M̀haih géi tung jē.

病人：係呀，最緊要夠膽。
Behngyàhn: Haih a, jeui gányiu gaudáam.

tú kǒu hóng

塗口紅

詞義

普通話「塗」的意思是：使顏色、脂粉等附着在上面，如：塗口紅、塗上一層油。這個意思還可以用其他動詞，如：抹（風油精）、擦（粉）等等。

對話

王主任：馬上要到小美上場了，她人呢？
Wáng zhǔrèn: Mǎshàng yào dào Xiǎo Měi shàngchǎng le, tā rén ne?

阿強：她覺得自己不夠漂亮，一直在那兒對着鏡子塗口紅，還在臉上擦了很多粉。
Ā Qiáng: Tā juéde zìjǐ bú gòu piàoliang, yìzhí zài nàr duì zhe jìngzi tú kǒuhóng, hái zài liǎn shàng cā le hěn duō fěn.

王主任：我覺得她本來就挺漂亮的呀！
Wáng zhǔrèn: Wǒ juéde tā běnlái jiù tǐng piàoliang de ya!

阿強：我也覺得，可她就是沒自信。
Ā Qiáng: Wǒ yě juéde, kě tā jiù shì méi zìxìn.

王主任：剛才上台的莉莉雖然五官沒那麼精緻，唱得也不是最好的，但是很有自信，和觀眾有很多互動，所以分數特別高。
Wáng zhǔrèn: Gāngcái shàng tái de Lìlì suīrán wǔguān méi nàme jīngzhì, chàng de yě bú shì zuì hǎo de, dànshì hěn yǒu zìxìn, hé guānzhòng yǒu hěn duō hùdòng, suǒyǐ fēnshù tèbié gāo.

chàh sèuhn gōu

搽唇膏

粵語的「搽」可以對應普通話的「塗」、「抹」、「擦」，如：搽唇膏、搽指甲油、搽驅風油、搽粉。

對話

王主任：小美就嚟出場㗎噃，佢喺邊呀？
Wòhng jyúyahm: Síu-méih jauhlàih chēutchèuhng la bo, kéuih hái bīn a?

阿強：佢覺得自己唔夠靚，係噉對住塊鏡搽唇膏，面上仲搽咗好多層粉。
A-kèuhng: Kéuih gokdāk jihgéi m̀gau leng, haih gám deuijyuh faai geng chàh sèuhn'gōu, juhng mihnseuhng juhng chàhjó hóudō chàhng fán.

王主任：我覺得佢本身都好靚啦。
Wòhng jyúyahm: Ngóh gokdāk kéuih búnsān dōu hóu leng lā.

阿強：我都係噉話，佢就係太冇自信囉。
A-kèuhng: Ngóh dōu haih gám wah, kéuih jauh haih taai móuh jihseun lō.

王主任：頭先上台嘅莉莉雖然五官冇咁精緻，唱歌都唔係最好嗰個，但係好有自信，同觀眾有好多互動，所以分數特別高。
Wòhng jyúyahm: Tàuhsīn séuhngtòih ge Leih-leih sēuiyìhn nǵhgūn móuh gam jīngji, cheunggo dōu m̀haih jeui hóu gógo, daahnhaih hóu yáuh jihseun, tùhng gūnjung yáuh hóudō wuhduhng, sóyíh fānsou dahkbiht gōu.

guā hú zi

刮鬍子

詞義

普通話「刮」的意思是：用刀等去掉物體表面的東西，如：刮鬍子、刮臉、刮下一層皮等。「刮鬍子」在普通話中也可以説成「剃鬍子」。

對話

小麗：你都是早上刮鬍子嗎？晚上洗完臉把鬍子刮好，早上不是可以省點兒時間嗎？

Xiǎo Lì: Nǐ dōu shì zǎoshang guā húzi ma? Wǎnshang xǐ wán liǎn bǎ húzi guā hǎo, zǎoshang búshì kěyǐ shěng diǎnr shíjiān ma?

阿強：你不懂！鬍子長得很快，頭天晚上刮好，第二天一早就會冒出鬍茬來，還得刮。

Ā Qiáng: Nǐ bù dǒng! Húzi zhǎng de hěn kuài, tóutiān wǎnshang guā hǎo, dì'èr tiān yì zǎo jiù huì mào chū hú chá lái, hái děi guā.

小麗：啊，一晚上就能長出來！那還真是有點兒麻煩。

Xiǎo Lì: á, Yì wǎnshang jiù néng zhǎng chūlái! Nà hái zhēnshi yǒudiǎnr máfan.

阿強：是啊，男人也有男人的麻煩事兒。

Ā Qiáng: Shì a, nánrén yě yǒu nánrén de máfan shìr.

tai　　sōu

剃鬚

粵語「剃」通常指用刀去除毛髮，而用「刮」時，去除的對象通常不會是毛髮，如「刮刮卡」。

小麗：你日日都係朝早剃鬚嘅咩？夜晚洗完面剃咗佢，朝早咪可以慳返啲時間囉？

Síu-laih: Néih yaht yaht dōu haih jīujóu taisōu ge mē? Yehmáahn sáiyùhnmihn taijó kéuih, jīujóu maih hóyíh hāanfāan dī sìhgaan lō?

阿強：妳唔知嘅嚕！鬍鬚生得好快㗎，前嗰晚剃咗，第日朝早就會生返出嚟，又要剃過。

A-kèuhng: Néih m̀jī ge la! Wùhsōu sāangdāk hóu faai ga, chìhn gó máahn taijó, daihyaht jīujóu jauh wúih sāangfāan chēutlàih, yauh yiu tai gwo.

小麗：啊，一晚就生出嚟嘅嚤！噉真係都幾煩。

Síu-laih: Á, yāt máahn jauh sāang chēutlàih ge làh! Gám jānhaih dōu géi fàahn.

阿強：係呀，男人有男人嘅煩。

A-kèuhng: Haih a, nàahnyán yáuh nàahnyán ge fàahn.

tāo ěr duo

掏耳朵

詞義

普通話「掏」的意思主要有兩個：一是「用手或工具等把東西弄出來」，如：掏耳朵、掏錢、掏口袋。二是「挖」，如：在墻上掏個洞。

對話

醫生：哪裏不舒服？
Yīshēng: Nǎlǐ bù shūfu?

病人：耳朵不舒服，又疼又癢的。您幫我看看，是怎麼回事兒？
Bìngrén: ěrduo bù shūfu, yòu téng yòu yǎng de. Nín bāng wǒ kànkan, shì zěnme huí shìr?

醫生：我看看……哦，耳朵裏面發炎了。
Yīshēng: Wǒ kànkan…… ò, ěrduo lǐmiàn fāyán le.

病人：發炎了？嚴重嗎？會不會影響聽力啊？
Bìngrén: Fāyán le? Yánzhòng ma? Huì bú huì yǐngxiǎng tīnglì a?

醫生：那倒不至於，不是甚麼大問題。你是不是常常用手掏耳朵啊？
Yīshēng: Nà dào bú zhìyú, búshì shénme dà wèntí. Nǐ shì búshì chángcháng yòng shǒu tāo ěrduo a?

病人：嗯，耳朵癢了常會用手掏。
Bìngrén: g, ěrduo yǎng le cháng huì yòng shǒu tāo.

醫生：以後要注意衛生，不要手都沒洗乾淨就去掏耳朵，這樣會帶入很多細菌，很容易發炎。
Yīshēng: Yǐhòu yào zhùyì wèishēng, búyào shǒu dōu méi xǐ gānjìng jiù qù tāo ěrduo, zhèyàng huì dài rù hěnduō xìjūn, hěn róngyì fāyán.

病人：好，我以後一定會注意的。
Bìngrén: Hǎo, wǒ yǐhòu yídìng huì zhùyì de.

līu / líu　yíh　jái

撩耳仔

詞義

粵語「撩」主要有兩個意思，一是用棒子等攪或繞，音 līu / líu，如：撩耳仔；隻鞋喺床下底，攞枝竹撩返佢出嚟；角落頭有個蜘蛛網，撩撩佢啦。二是挑逗、逗引，音 lìuh，如：撩事鬥非；撩女仔；撩隔籬位傾偈。

對話

醫生：邊度唔舒服呀？
Yīsāng: Bīndouh m̀syūfuhk a?

病人：耳仔唔舒服，又痛又痕。唔該你幫我睇吓咩事。
Behngyàhn: Yíhjái m̀syūfuhk, yauh tung yauh hàhn. M̀gōi néih bōng ngóh táiháh mē sih.

醫生：等我睇吓……哦，耳仔入便發咗炎。
Yīsāng: Dáng ngóh táihá…Óh, yíhjái yahpbihn faatjóyìhm.

病人：發咗炎嚡？嚴唔嚴重呀？會唔會影響聽力㗎？
Behngyàhn: Faatjó yìm àh? Yìhm m̀yìhmjuhng a? Wúih m̀wúih yínghéung tēnglihk ga?

醫生：噉又未至於，唔係咩大問題。你係咪成日都用手撩耳仔呀？
Yīsāng: Gám yauh meih jiyū, m̀haih mē daaih mahntàih. Néih haih maih sèhngyaht yuhng sáu líu yíhjái a?

病人：係呀，痕嗰陣就會撩。
Behngyàhn: Haih a, hàhn gójahnsìh jauh wúih líu.

醫生：以後要注意衛生，唔好唔洗手就去撩耳仔，噉樣會帶好多細菌入去，好容易發炎㗎。
Yīsāng: Yíhhauh yiu jyuyi waihsāng, m̀hóu m̀sáisáu jauh heui líu yíhjái, gámyéung wúih daai hóudō saikwán yahpheui, hóu yùhngyih faatyìhm ga.

病人：好，我以後一定會注意。
Behngyàhn: Hóu, ngóh yíhhauh yātdihng wúih jyuyi.

qiā bó zi

掐脖子

詞義

普通話的「掐」還可以指用手的虎口緊緊按住，如：一把掐住小偷的脖子。普通話也説：他的手腕被掐住了，動彈不了。

對話

老張：你看，那兩個孩子玩得太過火了，小的竟然掐住了大的脖子。
Lǎo Zhāng: Nǐ kàn, nà liǎng ge háizi wán de tài guòhuǒ le, xiǎode jì
ngrán qiā zhù le dàde bózi.

老李：那可不行，掐得喘不過氣來，會出人命的。
Lǎo Lǐ: Nà kě bù xíng, qiā de chuǎn bú guò qì lái, huì chū rénmìng de.

老張：哎，你們倆快停手。
Lǎo Zhāng: ài, nǐmen liǎ kuài tíng shǒu.

nín géng

撚頸

粵語裏跟這個意思相對應的是「撚（nín）」，普通話的「掐住脖子」粵語説成「撚頸」。

老張：你睇吓，嗰兩個細路玩出火嘑，細嗰個竟然撚住大嗰個條頸喎。

Lóuh-jēung: Néih táiháh, gó léuhnggo sailouh wáanchēutfó la, sai gógo gíngyìhn nínjyuh daaih gógo tìuh géng wo.

老李：噉唔得㗎，撚到冇唔到氣，會搞出人命㗎。

Lóuh-léih: Gám m̀dāk ga, níndou táum̀dóuhei, wúih gáauchēut yàhnmehng ga.

老張：喂，你哋兩個快啲停手。

Lóuh-jēung: Wai, néihdeih léuhnggo faaidī tìhngsáu.

qiā rén zhōng

掐人中

詞義

普通話「掐」是個手部動作，表示用指甲按或者用拇指和另一個指頭使勁捏或截斷，如：不要掐公園裏的花；這個季節的桃子鮮嫩多汁，用手輕輕一掐就能掐出水來。

對話

小美：小明，你的鼻子下面怎麼有一道紅印子？

Xiǎo Měi: Xiǎo Míng, nǐ de bízi xiàmiàn zěnme yǒu yí dào hóng yìnzi?

小明：別提了，昨天我爬山的時候中暑了，暈倒在半路上。小芳替我掐人中……

Xiǎo Míng: Bié tí le, zuótiān wǒ páshān de shíhou zhòngshǔ le, yūn dǎo zài bànlù shàng. Xiǎo Fāng tì wǒ qiā rénzhōng....

小美：小芳？她的指甲那麼長，掐人可疼了。

Xiǎo Měi: Xiǎo Fāng? Tā de zhǐjia nàme cháng, qiā rén kě téng le.

gahm yàhn jūng

撳人中

粵語中「掐人中」可以說成「撳人中」。「撳」是手指向物體按壓的動作，並無用兩指捏的意思。

小美：明仔，你個鼻下便做乜有個紅印嘅？
Síu-méih: Mìhng-jái, néih go beih hahbihn jouhmāt yáuh go hùhng yan gé?

明仔：唔好提嚹，噚日我爬山嗰陣中咗暑，半路暈低咗，芳芳幫我撳人中囉……
Mìhng-jái: M̀hóu tàih la, kàhmyaht ngóh pàhsāan góján jungjósyú, bunlouh wàhndāijó, Fōngfōng bōng ngóh gahm yàhnjūng lō……

小美：芳芳？佢啲手指甲咁長，撳人好痛㗎噃。
Síu-méih: Fōngfōng? Kéuih dī sáujígaap gam chèuhng, nín yàhn hóu tung ga bo.

niē ní rénr

捏泥人兒

普通話「捏」的一個常用意思是用手指把軟的東西弄成一定的形狀。如：「捏麵人」。北方人也説「捏餃子」，邀請人吃餃子的時候會説：哪天你來我家，我捏幾個餃子給你吃。

對話

阿偉：你看師傅的手多巧，這些泥巴在他的手裏就能捏出這麼生動的泥人兒。
Ā Wěi: Nǐ kàn shīfu de shǒu duō qiǎo, zhèxiē níba zài tā de shǒu li jiù néng niēchū zhème shēngdòng de nírénr.

阿麗：可不是嘛，他捏的豬八戒就像是活的一樣。
Ā Lì: Kě bú shì ma, tā niē de Zhūbājiè jiù xiàng shì huó de yíyàng.

阿偉：真是一手絕活兒。
Ā Wěi: Zhēn shì yì shǒu juéhuór.

chō nàih gūng jái

搓泥公仔

粵語的口語不說「捏」，而會說「搓 chō」。「搓」字是古語，意思是雙手摩擦，或用手掌推揉，如果說「捏泥人兒」，粵語就是「搓泥公仔」。粵語有「搓麵粉」、「搓銀針粉」、「搓湯圓」、「搓餃子皮」等說法，但普通話的「捏餃子」，廣東人一般講「包餃子」。

阿偉：你睇吓師傅幾巧手，啲泥喺佢手裏便可以搓成咁盞鬼嘅泥公仔喎。

A-wáih: Néih táiháh sīfú géi háausáu, dī nàih hái kéuih sáu léuihbihn hóyíh chōsìhng gam jáan'gwái ge nàih gūngjái wòh.

阿麗：係喎，佢搓嘅豬八戒好似真嘅噉喎。

A-laih: Haih wo, kéuih chō ge Jyūbaatgaai hóuchíh jān ge gám wo.

阿偉：真係一絕呀。

A-wáih: Jānhaih yāt jyuht a.

niē bí zi

捏鼻子

詞義

普通話「捏」的一個意思是用拇指和別的手指夾住，如：捏着鈔票；我這輩子，連一隻螞蟻都沒捏死過；老人家的關節炎又犯了，這幾天疼得連筷子都捏不住。

對話

兒子：這碗中藥我怎麼也喝不下去，一聞就知道苦得不得了。
Érzi: Zhè wǎn zhōngyào wǒ zěnme yě hē bú xiàqù, yì wén jiù zhīdào kǔ de bùdéliǎo.

媽媽：不吃藥病怎麼能好呢？你還是捏着鼻子把它喝了吧。
Māma: Bù chī yào bìng zěnme néng hǎo ne? Nǐ háishi niēzhe bízi bǎ tā hēle ba.

兒子：捏着鼻子也能聞得見呀。
Érzi: Niēzhe bízi yě néng wén de jiàn ya.

nín jyuh go beih

撚住個鼻

詞義

粵語的「捏」(音 nihp) 有「用拇指及其他手指夾住」意思，而手掌是不接觸物體的。以上幾例粵語相應的講法是：「撚住啲銀紙」、「撚死隻蟻」、「老人家關節炎又發作，呢幾日痛到連筷子都揸唔住」。

對話

仔：呢碗中藥我點都飲唔落，一聞就知苦到不得了。
Jái: Nīwún jūngyeuhk ngóh dím dōu yámm̀lohk, yāt màhn jauh jī fúdou bātdāklíuh.

媽媽：唔食藥病點會好呢？你都係撚住個鼻飲咗佢啦。
Màhmā: M̀sihkyeuhk behng dím wúih hóu nē? Néih dōu haih nínjyuh go beih yámjó kéuih lā.

仔：撚住個鼻都聞到㗎。
Jái: Nínjyuh go beih dōu màhndóu gá.

niē bǎ hàn

捏把汗

詞義

普通話「捏把汗」用來比喻情況十分驚險，令人緊張、擔憂。在驚險憂慮的情況之中，人往往因緊張而握緊拳頭，手心出汗。「捏」有握住的意思，例如：你能不能一隻手把這張報紙捏成一團？

對話

小偉：比賽進行得怎麼樣了？
Xiǎo Wěi: Bǐsài jìnxíng de zěnmeyàng le?

阿強：中國隊一開始就輸了幾分，這不，大家都替他們捏着一把汗呢。
Ā Qiáng: Zhōngguóduì yì kāishǐ jiù shū le jǐ fēn, zhè bù, dàjiā dōu tì tāmen niēzhe yì bǎ hàn ne.

小偉：別擔心，以前也有過幾次反敗為勝的結局。
Xiǎo Wěi: Bié dānxīn, yǐqián yě yǒuguo jǐ cì fǎnbài wéishèng de jiéjú.

dahng　kéuih　gán　jēung

戥佢緊張

粵語口語中沒有可與「捏把汗」對應的動詞，可以說成「一額汗」、「好險」、「真係戥佢緊張呀」等等。而表達「握住」的意思時，粵語可以用「揸」，上例用粵語說就是：「你一隻手可唔可以將張報紙揸埋一嚿？」

偉仔：場比賽點呀？

Wáih-jái: Chèuhng béichoi dím a?

阿強：中國隊一開波就輸咗幾分，人人都戥佢哋緊張，睇到一額汗呀。

A-kèuhng: Jūnggwok déui yāt hōibō jauh syūjó géi fān, yàhn yàhn dōu dahng kéuihdeih gánjeung, táidou yāt ngaahk hohn a.

偉仔：唔駛擔心，以前都試過幾次反敗為勝啦。

Wáih-jái: M̀sái dāamsām, yíhchìhn dōu sigwo géichi fáanbaaih wàihsing lā.

èn(àn) diàn tī

揼（按）電梯

詞義

普通話「揼」和「按」都表示用手或是手指頭壓，如：揼（按）手印、揼（按）圖釘、揼（按）遙控器等等。「揼」一般用於口語，「按」口語或書面語都可以用。「揼」僅用於手部的按壓動作，「按」還可以表示情緒方面的控制，如按不住心頭的怒火，按不住自己的興奮，等等。

對話

小明：看你拿了那麼多東西，我來幫你吧。
Xiǎo Míng: Kàn nǐ ná le nàme duō dōngxi, wǒ lái bāng nǐ ba.

美美：謝謝，不用了。你幫我揼電梯就行。
Měiměi: Xièxie, búyòng le. Nǐ bāng wǒ èn diàntī jiù xíng.

小明：好的。揼幾樓？
Xiǎo Míng: Hǎo de. èn jǐ lóu?

美美：五樓。
Měiměi: Wǔ lóu.

gahm　　līp

撳𨋍

粵語中，無論是「摁」還是「按」，都以「撳」代替，例如：撳掣（按開關）、撳鐘（按鈴）、撳住佢。香港粵語中，「撳」可以與多種物品搭配，儘管這些物品其實並非「撳」的真正對象，例如：撳錢（在櫃員機取錢）、撳𨋍（按按鈕叫電梯）。也可以把「撳」引申至心理上的行為，例如：「呢個財團計劃要控制本地所有電訊公司，我哋一定要諗辦法撳住佢哋。

對－話

明仔 : 睇你攞住咁多嘢，等我嚟幫你啦。
Mìhngjái: Tái néih lójyuh gamdō yéh, dáng ngóh làih bōng néih lā.

美美 : 得嘑 , 唔使嘑，唔該。你幫我撳𨋍就得嘑。
Méihméih: Dāk la, m̀sái la, m̀gōi. Néih bōng ngóh gahm līp jauh dāk la.

明仔 : 好呃，撳幾樓呀 ?
Mìhngjái: Hóu aak, gahm géi láu a?

chōu qiú

抽球

普通話「抽」多指用條狀的東西打，如：往馬屁股上抽了幾鞭子，馬就跑起來了；也可以表示用球拍猛力擊打（球），如：把球抽過去。

小明：昨天的那場乒乓球賽怎麼樣？
Xiǎo Míng: Zuótiān de nà chǎng pīngpāngqiúsài zěnmeyàng?

美美：打得很辛苦。有的時候我和對方對攻，抽殺幾個回合才拿下一分。
Měiměi: Dǎde hěn xīnkǔ. Yǒude shíhou wǒ hé duìfāng duìgōng, chōushā jǐ ge huíhé cái náxià yì fēn.

小明：這回你遇到強手了。你抽球可是很猛的，擋得住的人可不多啊。
Xiǎo Míng: Zhè huí nǐ yùdào qiángshǒu le. Nǐ chōu qiú kěshì hěn měng de, dǎng de zhù de rén kě bùduō a.

chāu bō

抽 波

粵語表示用條狀的東西打的時候會說：「抽佢幾下」，也可以直接說：「鞭佢幾下」或者「打佢幾下」；表示猛力擊打（球）時，粵語是：「大力抽個波」；而抽人家耳光的粵語是：「冚人一巴（kám yàhn yātbā）」。

明仔：噚日場乒乓球賽打成點呀？

Mìhngjái: Kàhmyaht chèuhng bīngbāmkàuh choi dá sèhng dím a?

美美：打得好辛苦。有陣時我同對方對攻抽咗幾個回合先至攞到一分。

Méihméih: Dádāk hóu sānfú. Yáuhjahnsìh ngóh tùhng deuifōng deuigūng chāujó géigo wùihhahp sīnji lódóu yāt fān.

明仔：呢次你遇到勁敵嚹。你抽波咁有力，冇乜嘢人擋得到喎。

Mìhngjái: Nīchi néih yuhdóu gihngdihk la. Néih chāubō gam yáuhlihk, móuh mātyéh yàhn dóngdākdóu wo.

bāi wàn zi

掰腕子

詞義

普通話「掰」是指用手把東西分開或折斷，如：把餅乾掰成兩半，掰開鴨子的嘴巴，掰玉米等。人們在數數的時候，有時會用一隻手輔助分開另一隻手的手指，在普通話裏叫「掰着手指」，如：他掰着手指一一列舉了這樣做的利弊。另外，有一種比腕力的方法：兩個人各伸出一隻手互相握住，然後各自用力壓，先壓倒對方的就算贏。這叫「掰腕子」或「掰手腕」。

對話

阿強：我找小明來幫你的忙，他力氣大。
Ā Qiáng: Wǒ zhǎo Xiǎo Míng lái bāng nǐ de máng, tā lìqi dà.

阿康：別提了。他上星期跟人比賽掰腕子，把手腕掰傷了。
Ā Kāng: Bié tí le. Tā shàng xīngqī gēn rén bǐsài bāi wànzi, bǎ shǒuwàn bāi shāng le.

阿強：那麼嚴重啊。
Ā Qiáng: Nàme yánzhòng a.

ngáau sáu gwā

拗手瓜

粵語以「拗」來描述彎折，如：把鉛筆掰成兩半便可以説「拗斷支鉛筆(ngáautyúhn jī yùhnbāt)」，而「掰腕子」則説成「拗手瓜(ngáau sáugwā)」。

對話

阿強：我搵明仔嚟幫你手啦，佢好大力㗎！
A-kèuhng: Ngóh wán Mìhngjái làih bōng néih sáu lā, kéuih hóu daaihlihk ga!

阿康：唔好提嘑。佢上個星期同人拗手瓜，拗斷咗隻手呀！
A-hōng: M̀hóu tàih la. Kéuih seuhnggo sīngkèih tùhng yàhn ngáau sáugwā, ngáautyúhnjó jek sáu a!

阿強：乜咁慘呀？
A-kèuhng: Māt gam cháam a?

dǎ sǎn
打傘

詞義

普通話裏的「打」不只是表示「撞擊物體」，還有「舉」的意思，如：打傘，它的意思可不是因為傘打不開而擊打它，而是「舉」的意思，「打傘」就是舉傘。這個意思的「打」還可以用於「打旗（子）」、「打燈籠」等等。

對話

小麗：小偉，我覺得你們班的小明有點怪。
Xiǎo Lì: Xiǎo Wěi, wǒ jué de nǐmen bān de Xiǎo Míng yǒu diǎn guài.

小偉：怎麼了？
Xiǎo Wěi: Zěnme le?

小麗：昨天下雨，我看他手裏拿着傘，但卻不打傘，衣服都濕透了。
Xiǎo Lì: Zuótiān xiàyǔ, wǒ kàn tā shǒulǐ názhe sǎn, dàn què bù dǎsǎn, yīfu dōu shī tòu le.

小偉：唉，他昨天剛跟女朋友分手，肯定是心痛得感覺不到下雨了。
Xiǎo Wěi: āi, tā zuótiān gāng gēn nǚ péngyou fēnshǒu, kěndìng shì xīntòng de gǎnjué bú dào xià yǔ le.

小麗：原來是這樣啊，怪可憐的。
Xiǎo Lì: Yuánlái shì zhèyàng a, guài kělián de.

dāam jē

擔遮

粵語的「打傘」説成「擔遮」。「擔」在粵語有好幾個意思，包括「擔水」(挑水)、「隻貓擔走一嚿肉」(貓叼走了一塊肉)、「擔張枱入去」(搬個桌子進去)、「擔高個頭」(抬起頭來)等等。

不過如果是為了表達歇後語，粵語也會説「和尚打傘」。和尚沒有頭髮，而雨傘把天空遮擋着。由於「髮」和「法」是同音，而「天」代表天理，所以「和尚打傘」就諧音表達「無法無天」的意思。

小麗：阿偉，我覺得你們班嗰個明仔有啲怪怪哋。
Síu-laih: A-wáih, ngóh gokdāk néihdeih bāan gógo Mìhng-jái yáuhdī gwaaigwáaidéi.

阿偉：咩事呢？
A-wáih: Mē sih nē?

小麗：噚日落雨，我見佢攞住把遮又唔擔，件衫濕晒。
Síu-laih: Kàhmyaht lohkyúh, ngóh gin kéuih lójyuh bá jē yauh m̀dāam, gihn sāam sāpsaai.

阿偉：唉，佢噚日啱啱同女朋友分咗手，梗係心痛到感覺不到落雨啦。
A-wáih: Āai, kéuih kàhmyaht ngāamngāam tùhng néuihpàhngyáuh fānjósáu, gánghaih sāmtungdou gámgokm̀dóu lohkyúh lā.

小麗：原來係噉，又真係幾可憐嘅。
Síu-laih: Yùhnlòih haih gám, yauh jānhaih géi hólìhn gé.

dǎ máo yī

打毛衣

詞義

普通話「打」還可以表示「編織」的意思，如「打毛衣」就不是拍打毛衣，而是織毛衣的意思。這個意思的「打」還可以用在「打草鞋」這個短語裏。

對話

小麗：張阿姨，您真是喜歡打毛衣，這下雨天打着傘還在打毛衣？
Xiǎo Lì: Zhāng āyí, nín zhēnshi xǐhuan dǎ máoyī, zhè xiàyǔtiān dǎzhe sǎn hái zài dǎ máoyī?

張阿姨：打發時間嘛。今天不知道怎麼了，我在這裏都等了快二十分鐘了，還是沒有車來。只好打毛衣來消磨時間啦。
Zhāng āyí: Dǎfa shíjiān ma. Jīntiān bù zhīdào zěnme le, wǒ zài zhèlǐ dōu děng le kuài èrshí fēnzhōng le, háishi méiyǒu chē lái. Zhǐhǎo dǎ máoyī lái xiāomó shíjiān la.

小麗：哎，車來了。張阿姨，我們上車吧。
Xiǎo Lì: āi, chē lái le. Zhāng āyí, wǒmen shàng chē ba.

張阿姨：好啊，上了車我再繼續打。
Zhāng āyí: Hǎo a, shàng le chē wǒ zài jìxù dǎ.

jīk lāang sāam

織冷衫

粵語與「打毛衣」對應的要説「織冷衫」，而「草鞋」在粵語中也只可以跟「織」搭配，説成「織草鞋」。

小麗：Auntie，你真係鍾意織冷衫嘞，落大雨仲一面擔遮一面織嘅？
Síu-laih: Āantìh, néih jānhaih jūngyi jīk lāangsāam laak, lohk daaihyúh juhng yātmihn dāamjē yātmihn jīk gé?

張姨：過吓日神啫，今日唔知做乜，喺度等咗四個字嘑，仲係冇車嚟，唯有織吓冷衫消磨時間喺啦。
Jēung-yī: Gwoháh yahtsān jē, gāmyaht m̀jī jouh māt, hái douh dángjó seigo jih la, juhng haih móuh chē làih, wàih yáuh jīkháh lāangsāam sīumòh sìhgaan hái lā.

小麗：喂，喂，車嚟嘑，auntie，我哋上車先啦。
Síu-laih: Wai, wai, chē làih la, Āantìh, ngóhdeih séuhngchē sīn lā.

張姨：好呃，上車坐定之後繼續織。
Jēung-yī: Hóu aak, séuhngchē chóh dihng jīhauh gaijuhk jīk.

dā jī mù

搭積木

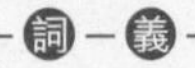

普通話「搭」有很多義項。可以表示支起、架起，如：搭橋、搭棚、搭積木；也可以表示掛或放，如：肩膀上搭了條毛巾；還可以表示相連，如：前言不搭後語；還有個常用的義項是乘坐，如：搭順風車、搭下一班飛機。

對話

阿康：現在的孩子啊，有那麼多的玩具，卻總還是不開心。
Ā Kāng: Xiànzài de háizi a, yǒu nàme duō de wánjù, què zǒng háishi bù kāixīn.

阿泰：是啊，我那兒子，每次去商場都吵着要新玩具。
Ā Tài: Shì a, wǒ nà érzi, měi cì qù shāngchǎng dōu chǎozhe yào xīn wánjù.

阿康：我們小的時候多好，搭積木都可以搭一天。
Ā Kāng: Wǒmen xiǎo de shíhou duō hǎo, dā jīmù dōu kěyǐ dā yì tiān.

chai jīk muhk

砌積木

粵語「搭」的義項和用法跟普通話差不多，但普通話中用「搭」的地方，粵語有些時候要用其他動詞。如「前言不搭後語」，粵語一般説「前言不對後語」；「搭積木」，粵語要説「砌積木」。

阿康：而家啲細路嗰，有咁多玩具，都仲係成日唔開心。

A-hōng: Yìhgā dī sailouh àh, yáuh gamdō wuhn'geuih, dōu juhnghaih sèhngyaht m̀hōisām.

阿泰：係囉，我個仔呀，去親商場都扭計要新玩具。

A-taai: Haih lō, ngóh go jái a, heuichān sēungchèuhng dōu náugái yiu sān wuhn'geuih.

阿康：我哋細個嗰陣時幾好呀，砌積木都可以砌一日。

A-hōng: Ngóhdeih saigo gójahnsìh géi hóu a, chai jīkmuhk dōu hóyíh chai yātyaht.

gài máo tǎn

蓋毛毯

詞義

普通話「蓋」可以表示由上而下地遮掩、蒙上，如：蓋蓋兒、蓋毛毯；也表示由上而下按壓（印），如：蓋章；還有壓倒、超過之意，如：蓋世無雙；有時也表示建造（房屋），如：蓋房子。

對話

媽媽：小強，快12月了，香港冷了吧？該蓋毛毯了。
Māma: Xiǎo Qiáng, kuài shí'èr yuè le, Xiānggǎng lěng le ba? Gāi gài máotǎn le.

小強：香港現在二十多度，蓋個毛巾被就行，還用不着蓋毛毯。
Xiǎo Qiáng: Xiānggǎng xiànzài èrshí duō dù, gài ge máojīnbèi jiù xíng, hái yòngbuzháo gài máotǎn.

媽媽：是嘛！這南北方的溫差還真是大，我們現在晚上得蓋兩床棉被。連咱家的貓咪睡覺時，我都給她蓋個小被子。你自己出門在外，要照顧好自己，晚上涼了，還是要蓋好被子的。
Māma: Shìma! Zhè nán běi fāng de wēnchā hái zhēnshì dà, wǒmen xiànzài wǎnshang děi gài liǎng chuáng miánbèi. Lián zán jiā de māomī shuìjiào shí, wǒ dōu gěi tā gài ge xiǎo bèizi. Nǐ zìjǐ chūmén zàiwài, yào zhàogù hǎo zìjǐ, wǎnshang liáng le, háishi yào gài hǎo bèizi de.

小強：知道了媽媽，我會照顧好自己的。你們也注意身體啊！
Xiǎo Qiáng: Zhīdào le māma, wǒ huì zhàogù hǎo zìjǐ de. Nǐmen yě zhùyì shēntǐ a!

kám mòuh jīn
冚毛氈

詞義

粵語一般不可以和「蓋」直接對應。「蓋蓋兒」，粵語說「冚蓋（kámgoi）」；「蓋毛毯」，粵語則說「冚毛氈」；「蓋章」，粵語會說「扱印（kāpyan）」；「蓋房子」，粵語說「起樓（héiláu）」。

對話

媽媽：強仔，就嚟12月嘑，香港凍嘅嘑可？要冚毛氈嘅嘑。

Màhmā: Kèuhngjái, jauhlàih sahpyihyuht la, Hēunggóng dung ge la hó? Yiu kám mòuhjīn ge la.

強仔：香港而家廿幾度，冚毛巾被就得啦，未使冚毛氈住。

Kèuhng-jái: Hēunggóng yìhgā yahgéi dou, kám mòuhgānpéih jauh dāk lā, meih sái kám mòuhjīn jyuh.

媽媽：係嗬，南北方溫差又真係幾大嚡，我哋而家夜晚要冚兩張棉胎。連屋企隻貓瞓覺嗰陣，我哋都要同佢冚張被仔。你自己出門在外，要照顧好自己，晚黑咁涼，仲係要冚好被㗎。

Màhmā: Haih àh, nàahmbākfōng wānchā yauh jānhaih géi daaih bo, ngóhdeih yìhgā yehmáahn yiu kám léuhngjēung mìhntōi. Lìhn ūkkéi jek māau fangaau góján, ngóhdeih dōu yiu tùhng kéuih kám jēung péihjái. Néih jihgéi chēutmùhn joih ngoih, yiu jiuguhóu jihgéi, máahnhāk gam lèuhng, juhng haih yiu kámhóupéih ga.

強仔：知嘑阿媽，我會照顧好自己嘅。你哋都要注意身體呀！

Kèuhng-jái: Jī la a-mā, ngóh wúih jiuguhóu jihgéi ge. Néihdeih dōu yiu jyuyi sāntái a!

gòu de zháo gòu bu zháo

夠得着夠不着

詞義

普通話「夠」有一個常用的義項就是：（用手、腳等）伸向不易達到的地方去接觸或拿取，常用於夠得着、夠不着結構中。「夠得着」是用手、腳等可觸摸到、達到的意思。如：長頸鹿夠得着樹上的葉子。「夠不着」就是不能觸到、不能摸到；超出能力、限度、範圍。如：媽媽，我站在椅子上也夠不着櫥櫃上的糖果盒。

對話

主持人：張導，您覺得我們該怎麼對待幸福？
Zhǔchírén: Zhāngdǎo, nín juéde wǒmen gāi zěnme duìdài xìngfú?

張導演：我覺得幸福就像掛在樹梢上的果實，聰明的人會繞樹三圈，夠得着就摘下來，夠不着想想辦法，實在夠不着就選擇離開。
Zhāng dǎoyǎn: Wǒ juéde xìngfú jiù xiàng guà zài shùshāo shàng de guǒshí, cōngmíng de rén huì ràoshù sānquān, gòu de zháo jiù zhāi xiàlái, gòu bu zháo jiù xiǎngxiang bànfǎ, shízài gòu bu zháo jiù xuǎnzé líkāi.

主持人：那不聰明的人會怎樣呢？
Zhǔchírén: Nà bù cōngmíng de rén huì zěnyàng ne?

張導演：那些貪婪的笨蛋會在樹下左三圈右三圈，夠又夠不着，走又不捨得走，最終是精疲力盡、傷心欲絕。
Zhāng dǎoyǎn: Nàxiē tānlán de bèndàn huì zài shù xià zuǒ sānquān yòu sānquān, gòu yòu gòu bu zháo, zǒu yòu bù shěde zǒu, zuìzhōng shì jīngpí lìjìn, shāngxīn yùjué.

主持人：您的意思是，夠得着的幸福才是你的，夠不着的幸福就不屬於你，要學會放手。
Zhǔchírén: Nín de yìsi shì, gòu de zháo de xìngfú cái shì nǐ de, gòu bu zháo de xìngfú jiù bù shǔyú nǐ, yào xué huì fàngshǒu.

張導演：對，你總結得非常好。
Zhāng dǎoyǎn: Duì, nǐ zǒngjié de fēicháng hǎo.

dim m̀ dim dóu

掂唔掂到

詞義

粵語「掂」的意思是觸摸、觸碰。例如「唔熟嘅生意千祈唔好掂」，就是説不熟悉的買賣和業務已經超出自己的能力和限度，所以千萬不要碰它們。

對話

主持：張導演，你話幸福係咩嘢？

Jyúchìh: Jēung douhyín, néih wah hahngfūk haih mēyéh?

張導演：我覺得幸福就好似樹上面嘅果實，聰明人會圍住棵樹兜幾圈，掂到就摘落嚟，掂唔到就諗吓辦法，認真冇計就走人。

Jēung douhyín: Ngóh gokdāk hahngfūk jauh hóuchíh syuh seuhngmihn ge gwósaht, chūngmìhngyàhn wúih wàihjyuh pō syuh dāu géi hyūn, dim dóu jauh jaahklohklàih, dim m̀dóu jauh nám baahnfaat, yíngjān móuhgái jauh jáu yàhn.

主持：噉，唔聰明嘅人會點呢？

Jyúchìh: Gám, m̀chūngmìhng ge yàhn wúih dím nē?

張導演：嗰啲貪心嘅蠢才會喺樹下面左兜右兜，掂又掂唔到，走又唔捨得走，最後咪筋疲力盡、傷心欲絕囉。

Jēung douhyín: Gódī tāamsām ge chéunchòih wúih hái syuh hahmihn jódāu yauhdāu, dim yauh dim m̀dóu, jáu yauh m̀sédāk jáu, jeuihauh maih gānpèih lihkjeuhn, sēungsām yuhkjyuht lō.

主持人：你嘅意思係，掂得到嘅幸福先至係你嘅，掂唔到嘅幸福就唔屬於你，要學識放手。

Jyúchìh: Néih ge yisī haih, dim dāk dóu ge hahngfūk sīnji haih néih ge, dim m̀dóu ge hahngfūk jauh m̀suhkyū néih, yiu hohksīk fongsáu.

張導演：啱嘑，你總結得非常好。

Jēung douhyín: Ngāam la, néih júnggitdāk fēisèuhng hóu.

jì 繫

詞義

普通話裏「繫」是一個單義動詞，只有一個義項：打結、扣。使用範圍很小，只用於「繫鞋帶」、「繫腰帶」、「繫領帶」、「繫圍裙」、「繫圍脖兒」、「繫鈕子」等詞組中。

對話

小李：小王，你這過年的時候繫着紅色的圍脖兒真是紅火喜慶啊。
Xiǎo Lǐ: Xiǎo Wáng, Nǐ zhè guònián de shíhou jìzhe hóngsè de wéibór zhēnshi hónghuo xǐqìng a.

小王：謝謝啊！都是我老媽，她說今年是我的本命年，一定要穿得紅火一些。
Xiǎo Wáng: Xièxie a! Dōu shì wǒ lǎomā, tā shuō jīnnián shì wǒ de běnmìngnián, yídìng yào chuān de hónghuo yìxiē.

小李：我們那裏的習俗：本命年的時候要穿紅襪子、紅內衣，還要繫紅腰帶。
Xiǎo Lǐ: Wǒmen nàlǐ de xísú: běnmìngnián de shíhou yào chuān hóng wàzi、hóng nèiyī, hái yào jì hóng yāodài.

小王：我媽也這麼說。你看，我也有紅腰帶，還繫了紅鞋帶呢！
Xiǎo Wáng: Wǒ mā yě zhème shuō. Nǐ kàn, wǒ yě yǒu hóng yāodài, hái jìle hóng xiédài ne!

小李：哇，你這真是從裏紅到外啊！
Xiǎo Lǐ: Wa, nǐ zhè zhēnshi cóng lǐ hóng dào wài a!

小王：沒辦法啊，老媽這麼要求，我哪敢不照辦。
Xiǎo Wáng: Méi bànfǎ a, lǎomā zhème yāoqiú, wǒ nǎ gǎn bú zhàobàn.

小李：這不挺好的，你這雙鞋配上紅鞋帶還真漂亮。
Xiǎo Lǐ: Zhè bù tǐng hǎo de, nǐ zhè shuāng xié pèi shang hóng xiédài hái zhēn piàoliang.

小王：嗯，我也覺得不錯。
Xiǎo Wáng: Ǹg, wǒ yě juéde búcuò.

bóng

粵語中與上述詞組對應的格式均使用其他動詞，如「繫鞋帶」、「繫腰帶」、「繫圍裙」，都相當於粵語的動詞「綁」；「繫領帶」等於粵語的「打呔」；「繫圍脖兒」類似於粵語的「攬頸巾」；而「繫鈕子」則相當於粵語的「扣鈕」。

粵語當中的「繫」字不可以單獨用作動詞，必須與其他字連在一起才可以，例如「維繫（wàihhaih）」、「連繫（lihnhaih）」等。然而這種意思的時候普通話不能讀成「jì」，必須讀成「xì」。

對－話

李生：阿王，你攬住條紅色頸巾過年真係夠晒應節呀。

Léih sāang: A Wóng, néih laahmjyuh tìuh hùhngsīk génggān gwonìhn jānhaih gausaai yingjit a.

阿王：係咩？多謝喎，都係老媽子啦，佢話今年係我本命年，一定要着到成身紅當蕩至得喎。

A-wóng: Haih mē? Dōjeh wo, dōu haih lóuhmājí lā, kéuih wah gāmnìhn haih ngóh búnmehngnìhn, yātdihng yiu jeukdou sèhngsān hùhng dōngdohng ji dāk wóh.

李生：我哋嗰邊啲習慣呢，本命年嘅時候要着紅色襪、紅色底衫，仲要綁紅腰帶添。

Léih sāang: Ngóhdeih góbīn dī jaahpgwaan nē, búnmehngnìhn ge sìhhauh yiu jeuk hùhngsīk maht, hùhngsīk dáisāam, juhng yiu bóng hùhng yīudáai tīm.

阿王：我阿媽都噉講。你睇，我都有條紅腰帶，仲綁咗紅色鞋帶添！

A-wóng: Ngóh A-mā dōu gám góng. Néih tái, ngóh dōu yáuh tìuh hùhng yīudáai, juhng bóngjó hùhngsīk hàaihdáai tīm!

李生：嘩，你真係由頭紅到落腳呀！

Léih sāang: Wa, néih jānhaih yàuh tàuh hùhng dou lohk geuk a!

阿王：冇計啦，老媽子話要噉做，我點敢唔聽喎。

A-wóng: Móuh gái lā, lóuhmājí wah yiu gám jouh, ngóh dím gám m̀tēng wo.

李生：噉咪幾好，你對鞋襯紅色鞋帶都幾靚噃！

Léih sāang: Gám maih géi hóu, néih deui hàaih chan hùhngsīk hàaihdáai dōu géi leng bo!

阿王：唔，我都覺得唔錯。

A-wóng: M̀h, ngóh dōu gokdāk m̀cho.

xiāo

削

詞義

普通話裏「削」的常用義項是「用刀斜着去掉物體的表層」，一般都是單用一個「削」字，如：削鉛筆、削雪梨。如果用於合成詞，讀作「xuē」，和削同義，如：剝削、削減、削弱。

對話

圓圓：媽媽，您在忙甚麼呢？

Yuányuan: Māma, nín zài máng shénme ne?

媽媽：我在給你削蘋果呢。專家説上午吃水果好，平時你上學不方便，今天週末，我給你削了一個蘋果和一個梨，一會兒別忘了吃掉。

Māma: Wǒ zài gěi nǐ xiāo píngguǒ ne. Zhuānjiā shuō shàngwǔ chī shuǐ guǒ hǎo, píngshí nǐ shàngxué bù fāngbiàn, jīntiān zhōumò, wǒ gěi nǐ xiāo le yí ge píngguǒ hé yí ge lí, yíhuìr bié wàng le chī diào.

圓圓：媽媽，先別聊水果了，還是幫我看看怎麼削鉛筆吧。我今天的作業老師要求用鉛筆做，我這兩隻鉛筆的筆芯都斷了，偏偏削鉛筆的卷筆刀也壞了，您看該怎麼辦啊？

Yuányuan: Māma, xiān bié liáo shuǐguǒ le, háishi bāng wǒ kànkan zěnme xiāo qiānbǐ ba. Wǒ jīntiān de zuòyè lǎoshī yāoqiú yòng qiānbǐ zuò, wǒ zhè liǎng zhī qiānbǐ de bǐxīn dōu duàn le, piānpiān xiāo qiānbǐ de juǎnbǐdāo yě huài le, nín kàn gāi zěnme bàn a?

媽媽：沒事兒，圓圓，不用急，我們一會兒去樓下的文具店再買個卷筆刀。實在不行，媽媽就用削果皮的刀給你削鉛筆。

Māma: Méi shìr, Yuányuan, búyòng jí, wǒmen yíhuìr qù lóu xià de wénjùdiàn zài mǎi ge juǎnbǐdāo. Shízài bù xíng, māma jiù yòng xiāo guǒpí de dāo gěi nǐ xiāo qiānbǐ.

圓圓：哦，那我就放心了。

Yuányuan: ò, nà wǒ jiù fàngxīn le.

媽媽：那先把水果吃了吧。

Māma: Nà xiān bǎ shuǐguǒ chī le ba.

圓圓：好的。謝謝媽媽！

Yuányuan: Hǎo de. Xièxie māma!

pāi / pēi

批

詞義

粵語中「削」用於合成詞時用法跟普通話是相同的。「削」字的粵音只有一個，讀作「seuk」。然而，「削鉛筆」、「削雪梨」這些說法，粵語均使用其他動詞。「削鉛筆」粵語叫「刨鉛筆（pàauh yùhnbāt）」，削鉛筆的卷筆刀，粵語叫「鉛筆刨（yùhnbāt páau）」；「削雪梨」粵語叫「批雪梨（pāi syutlèih）」。

對話

圓圓：媽媽，您忙緊乜嘢呀？
Yùhnyún: Màhmā, néih mòhnggán mātyéh a?

媽媽：我幫你批緊蘋果皮呀。專家話上晝食生果好，平時你上堂唔方便，今日係週末，我幫你批一個蘋果同一個梨，一陣間唔好唔記得食咗佢。
Màhmā: Ngóh bōng néih pāigán pìhnggwó pèih a. Jyūngā wah seuhngjau sihk sāanggwó hóu, pìhngsìh néih séuhngtòhng m̀fōngbihn, gāmyaht haih jāumuht, ngóh bōng néih pāi yātgo pìhnggwó tùhng yātgo léi, yātjahngāan m̀hóu m̀geidāk sihkjó kéuih.

圓圓：媽媽，咪講生果住啦，您仲係幫我睇吓點樣刨鉛筆啦。我今日嘅功課先生話要用鉛筆做，我呢兩支鉛筆嘅筆芯都斷咗嘞，咁啱個鉛筆刨都壞埋，您話點算呀？
Yùhnyún: Màhmā, máih góng sāanggwó jyuh lā, néih juhng haih bōng ngóh táiháh dímyéung pàauh yùhnbāt lā. Ngóh gāmyaht ge gūngfo sīnsāang wah yiu yuhng yùhnbāt jouh, ngóh nī léuhngjī yùhnbāt ge bātsām dōu tyúhnjó la, gam ngāam go yùhnbātpáau dōu waaihmàaih, néih wah dímsyun a?

媽媽：冇事嘅，圓圓，唔使急，我哋一陣間去樓下嘅文具鋪買返個鉛筆刨。認真唔得，媽媽就用批皮嘅刀幫你刨鉛筆啦。
Màhmā: Móuhsih ge, Yùhnyún, m̀sái gāp, ngóhdeih yātjahngāan heui làuhhah ge màhngeuihpóu máaihfāan go yùhnbātpáau. Yíngjān m̀dāk, màhmā jauh yuhng pāipèih ge dōu bōng néih pàauh yùhnbāt lā.

圓圓：哦，噉我就放心嘞。
Yùhnyún: Óh, gám ngóh jauh fongsām la.

媽媽：噉你食咗啲生果先啦。
Màhmā: Gám néih sihkjó dī sāanggwó sīn lā.

圓圓：好嘅，唔該媽媽！
Yùhnyún: Hóu ge, m̀gōi màhmā!

zā

紮

詞義

普通話「紮」這個字單獨使用時，是「捆，束」的意思，作動詞，例如：紮辮子。含有「紮」的合成詞有「紮染」、「結紮」、「包紮」，普粵是一樣的。廣式點心中有「雞紮」，就是把雞塊、芋頭等用腐皮卷在一起。

對話

姐姐：你幹嘛起床不梳頭，在這兒蹦蹦跳跳的，還把音樂聲音開那麼大？
Jiějie: Nǐ gànmá qǐchuáng bù shūtóu, zài zhèr bèngbèngtiàotiào de, hái bǎ yīnyuè shēngyīn kāi nàme dà?

小妹：我要練好舞步，做韓星！
xiǎomèi: Wǒ yào liàn hǎo wǔbù, zuò hánxīng!

姐姐：你連韓國人都不是，做甚麼韓星？
Jiějie: Nǐ lián Hánguó rén dōu búshì, zuò shénme hánxīng?

小妹：做做夢也行嘛。
xiǎomèi: Zuòzuo mèng yě xíng ma.

姐姐：小妹，無論做甚麼都要先打好基礎，比方說，學功夫，要先練好蹲馬步。做明星也是這樣。
Jiějie: Xiǎomèi, wúlùn zuò shénme dōu yào xiān dǎ hǎo jīchǔ, bǐfāng shuō, xué gōngfu, yào xiān liàn hǎo dūn mǎbù. Zuò míngxīng yěshì zhèyàng.

小妹：做明星要打好甚麼基礎？無敵的歌喉，還是絕世的演技？
xiǎomèi: Zuò míngxīng yào dǎ hǎo shénme jīchǔ? Wúdí de gēhóu, háishi juéshì de yǎnjì?

姐姐：都不是！要多練字，簽名才好看嘛。好了，你現在把頭髮紮起來，給我把碗都洗了再說吧。
Jiějie: Dōu búshì! Yào duō liànzì, qiānmíng cái hǎokàn ma. Hǎo le, nǐ xiànzài bǎ tóufa zā qǐlái, géi wǒ bǎ wǎn dōu xǐ le zài shuō ba.

jaat

粵語「紮」的意思和用法與普通話相同，只是有時搭配的對象不同，如普通話可以説「紮着一條皮帶」，粵語應該説「攬住一條皮帶」。粵語中「紮」還常用作量詞，如「一紮花」，相應的普通話是「一束花」。

有些粵語俗語中的「紮」並非「捆，束」的意思，如「紮職」意為「升職」，「跳跳紮」/「紮紮跳」是形容人蹦蹦跳跳，很活潑。下面小故事中的「紮馬」意思是「蹲馬步」，「紮」大概是説練功夫時要「搭」好架子吧。

家姐：你做咩起身唔梳頭，喺度跳跳紮噉，仲開到啲音樂咁大聲呀？

Gājē: Néih jouh mē héisān m̀sōtàuh, háidouh tiutiujaat gám, juhng hōidou dī yāmngohk gam daaihsēng a?

細妹：我要練好啲舞步，做韓星！

Saimúi: Ngóh yiu lihn hóu dī móuhbouh, jouh Hòhn sīng!

家姐：你都唔係韓國人，做咩韓星呀？

Gājē: Néih dōu m̀haih Hòhngwok yàhn, jouh mē Hòhn sīng a?

細妹：發下夢都得啫。

Saimúi: Faatháh muhng dōu dāk jē.

家姐：細妹，無論做乜嘢都要打好基礎先嘅，譬如話，學功夫，要練好紮馬先。做明星都係噉。

Gājē: Saimúi, mòuhleuhn jouh mātyéh dōu yiu dáhóu gēichó sīn ge, peiyùhwah, hohk gūngfū, yiu lihnhóu jaatmáh sīn. Jouh mìhngsīng dōu haih gám.

細妹：做明星要打好乜嘢基礎呀？無敵嘅歌喉，定係絕嘅世演技呀？

Saimúi: Jouh mìhngsīng yiu dáhóu mātyéh gēichó a? Mòuhdihk ge gōhàuh, dihnghaih jyuhtsaige yíngeih a?

家姐：都唔係呀！要練多啲字，簽名先至靚㗎嗎。嗱，你而家紮起啲頭髮，同我洗晒啲碗再講啦。

Gājē: Dōu m̀haih a! Yiu lihn dōdī jih, chīmméng sīnji leng gā ma. Nàh, néih yìhgā jaathéi dī tàuhfaat, tùhng ngóh sáisaai dī wún joi góng lā.

shān shàn zi

搧扇子

普通話「搧」是個動詞，是「扇」的異體字，常用的義項有如下兩個：一是搖動扇子或其他薄片，加速空氣流動，如：搧扇子。二是用手掌打，如：搧了他一耳光。

對話

老張：最近這天兒真是太熱了，動一動就是一身汗。
Lǎo Zhāng: Zuìjìn zhè tiānr zhēnshi tài rè le, dòng yi dòng jiù shì yì shēn hàn.

小王：可不是嘛！我這不停地搧着扇子，可還是熱。
Xiǎo Wáng: Kě bú shì ma! Wǒ zhè bù tíng de shān zhe shànzi, kě háishi rè.

老張：現在不是流行一種手持的電風扇嗎？你這年輕人怎麼這麼落伍，還在用這種老式的扇子？
Lǎo Zhāng: Xiànzài bú shì liúxíng yì zhǒng shǒu chí de diànfēngshàn ma? Nǐ zhè niánqīngrén zěnme zhème luòwǔ, hái zài yòng zhè zhǒng lǎoshì de shànzi?

小王：唉！別提了。我之前就用那種手持電風扇，可有一次乘公共汽車的時候，不小心被擠掉了，砸到了一個小朋友的頭，孩子媽媽二話沒說，上來就搧了我一耳光。現在想起來臉還疼呢，所以就改用這種折扇了。
Xiǎo Wáng: āi! Bié tí le. Wǒ zhīqián jiù yòng nà zhǒng shǒu chí de diànfēngshàn, kě yǒu yí cì chéng gōnggòng qìchē de shíhou, bù xiǎoxīn bèi jǐ diào le, zá dào le yí ge xiǎopéngyǒu de tóu, háizi māma èrhuà méi shuō, shàng lái jiù shān le wǒ yì ěrguāng. Xiànzài xiǎng qǐlái liǎn hái téng ne, suǒyǐ jiù gǎi yòng zhè zhǒng zhéshàn le.

老張：哈哈，你這真是「一朝被蛇咬，十年怕井繩」啊！
Lǎo Zhāng: Hā hā, nǐ zhè zhēn shì 'yì zhāo bèi shé yǎo, shí nián pà jǐng shéng'a!

put　　sin
撥扇

詞義

粵語中相應的情況會用別的動詞，如「搧扇子」在粵語就説成「撥扇」；「搧一耳光」在粵語就説成「摑一巴（掌）（gwaak yātbā jéung）」或者「冚一巴（掌）（kám yātbā jéung）」。當然，普通話也有「摑」這個字，但用得比較少。

對話

老張：最近幾日真係熱到飛起，郁吓就成身大汗。

Lóuh jēung: Jeuigahn géiyaht jānhaih yihtdoufēihéi, yūkháh jauh sèhngsān daaihhohn.

王仔：咪就係，我係噉猛撥扇都仲係熱。

Wóng jái: Maih jauh haih, ngóh haih gám máahng putsin dōu juhng haih yiht.

老張：而家唔係興手提電風扇嘅咩？你呢個後生仔做乜咁 out，仲用啲咁老土嘅扇？

Lóuh jēung: Yìhgā m̀haih hīng sáutàih dihnfūngsin ge mē? Néih nīgo hauhsāangjái jouh māt gam āu, juhng yuhngdī gam lóuhtóu ge sin?

王仔：唉，唔好提嘞。我之前係就係用過吓嗰種手提電風扇嘅，點知有一次搭巴士嗰陣，唔小心俾人擁跌咗，咁啱扑正個小朋友個頭度，個細佬嘅阿媽講都唔講，就埋嚟冚咗我一巴。而家諗返起塊面仲痛痛哋，所以就改用呢把摺扇嘞。

Wóng jái: Aaih, m̀hóu tàih la. Ngóh jīchìhn haih jauh haih yuhnggwoháh gójúng sáutàih dihnfūngsin gé, dímjī yáuh yātchi daap bāsí gójahn, m̀síusām béi yàhn úngditjó, gam'aam bōkjeng go síu pàhngyáuh go tàuh douh, go sailouh ge a-mā góng dōu m̀góng, jauh màaihlàih kámjó ngóh yātbā. Yìhgā námfāanhéi faai mihn juhng tungtúngdéi, sóyíh jauh góiyuhng nībá jipsin la.

老張：哈哈，你呢份人正牌「見過鬼怕黑」呀！

Lóuh jēung: Hā hā, néih nīfahn yàhn jingpàaih "gingwo gwái pahāk" a!

bá bái tóu fa

拔白頭髮

詞義

普通話「拔」的基本意思是把固定或隱藏在其他物體裏的東西往外拉；抽出。如：拔草、拔刺、拔了一顆牙、拔白頭髮。

對話

理髮師：先生，您的頭髮理好了，怎麼還拽着我的袖子不放啊？
Lǐfàshī: Xiānsheng, nín de tóufa lǐ hǎo le, zěnme hái zhuàizhe wǒ de xiùzi bú fàng a?

男顧客：你看，剛才你給我染的頭髮沒有染好，還是有幾根白頭髮。
Nán gùkè: Nǐ kàn, gāngcái nǐ gěi wǒ rǎn de tóufa méiyǒu rǎn hǎo, háishi yǒu jǐ gēn bái tóufa.

理髮師：只有幾根，不會有甚麼影響。您還想讓我再重新染嗎？
Lǐfàshī: Zhǐyǒu jǐ gēn, bú huì yǒu shénme yǐngxiǎng. Nín hái xiǎng ràng wǒ zài chóngxīn rǎn ma?

男顧客：可是我看着不舒服。重新染大概要多長時間呢？
Nán gùkè: Kěshì wǒ kànzhe bù shūfu. Chóngxīn rǎn dàgài yào duō cháng shíjiān ne?

理髮師：大概要半個小時左右。
Lǐfàshī: Dàgài yào bàn ge xiǎoshí zuǒyòu.

男顧客：時間太長了，我還要趕着去接女朋友呢。
Nán gùkè: Shíjiān tài cháng le, wǒ háiyào gǎnzhe qù jiē nǚ péngyou ne.

理髮師：那您看怎麼辦好呢？
Lǐfàshī: Nà nín kàn zěnme bàn hǎo ne?

男顧客：算了，你幫我把這幾根白頭髮拔了吧。
Nán gùkè: Suàn le, nǐ bāng wǒ bǎ zhè jǐ gēn bái tóufa bá le ba.

理髮師：啊，好吧。
Lǐfàshī: à, hǎo ba.

māng baahk tàuh faat

掹白頭髮

粵語中表達「拔」這個意思用的是動詞「掹」，如：「掹草」、「掹鬍鬚」、「掹白髮」。「掹」還有一個義項是拽、扯或拉。如：「掹斷咗條繩（把繩子拉斷了）」；「咪掹住我個衫袖（別拽着我的衣袖）」。

對話

髮型師：先生，您啲頭髮剪好嘑，做乜仲掹住我嘅衫袖唔放呀？

Faatyìhngsī: Sīnsāang, néihdī tàuhfaat jínhóu la, jouh māt juhng māngjyuh ngóh ge sāamjauh m̀fong a?

男顧客：你睇，頭先你幫我染嘅頭髮仲未染好，仲係有幾條白頭髮噃。

Nàahm guhaak: Néih tái, tàuhsīn néih bōng ngóh yíhm ge tàuhfaat juhng meih yíhm hóu, juhnghaih yáuh géi tìuh baahk tàuhfaat bo.

髮型師：得嗰幾條，唔會有咩嘢影響嘅。您仲想我幫您染過咩？

Faatyìhngsī: Dāk gógéi tìuh, m̀wúih yáuh mēyéh yínghéung gé. Néih juhng séung ngóh bōng néih yíhmgwo mē?

男顧客：硬係覺得睇落唔舒服。再染過大概要幾耐度呢？

Nàahm guhaak: Ngáanghaih gokdāk táilohk m̀syūfuhk. Joi yíhmgwo daaihkoi yiu géinoih dóu nē?

髮型師：大概要半個鐘頭咁上下啦。

Faatyìhngsī: Daaihkoi yiu bungo jūngtàuh gam seuhnghá lā.

男顧客：要咁耐㗎？我仲要趕住接女朋友嘅。

Nàahm guhaak: Yiu gam noih gàh? Ngóh juhng yiu gónjyuh jip néuih pàhngyáuh wo.

髮型師：噉您話點算好呢？

Faatyìhngsī: Gám néih wah dím syun hóu nē?

男顧客：算嘑，你幫我掹咗嗰幾條白頭髮就得嘑。

Nàahm guhaak: Syun la, néih bōng ngóh māngjó gógéi tìuh baahk tàuhfaat jauh dāk la.

髮型師：哦，噉好啦。

Faatyìhngsī: Òh, gám hóu lā.

lā xiāng zi

拉箱子

詞義

普通話裏「拉」是一個動詞，最常見的釋義為「用力使物體朝自己所在的方向移動」，例如：拉網、拉鋸；另外一個意思是牽引樂器的某一部分使樂器發出聲音，例如：拉二胡、拉手風琴。這兩個義項普粵用法相同。另外，「拉」在普通話中還可以表示「使物體跟着自己移動」，比如：拉着條狗。

對話

陳太太：黃太太，看妳拉着個行李箱，要去旅行嗎？
Chén tàitai: Huáng tàitai, kàn nǐ lāzhe ge xíngli xiāng, yào qù lǚxíng ma?

黃太太：不是啊！兒子今天要去學跆拳道，然後去學小提琴。我要拿這麼多東西，還得拉着他，想不拉行李箱都不行啊。
Huáng tàitai: Bú shì a! érzi jīntiān yào qù xué táiquándào, ránhòu qù xué xiǎotíqín. Wǒ yào ná zhème duō dōngxi, hái děi lāzhe tā, xiǎng bù lā xíngli xiāng dōu bù xíng a.

陳太太：現在培養孩子真是不容易呀！
Chén tàitai: Xiànzài péiyǎng háizi zhēn shì bù róngyì ya!

黃太太：是呀，我上次和老公拉着手逛街，都已經是半年前的事兒了。
Huáng tàitai: Shì ya, wǒ shàngcì hé lǎogōng lāzhe shǒu guàng jiē, dōu yǐ jīng shì bàn nián qián de shìr le.

(對着兒子) 我們做這麼多都是為了你的將來啊！
(Duìzhe érzi) Wǒmen zuò zhème duō dōu shì wèile nǐ de jiānglái a!

陳太太：如果孩子喜歡學，也是值得的嘛。
Chén tàitai: Rúguǒ háizi xǐhuan xué, yě shì zhídé de ma.

兒子：我喜歡跆拳道，不喜歡拉小提琴！
érzi: Wǒ xǐhuan táiquándào, bù xǐhuan lā xiǎotíqín!

黃太太：你不覺得學了小提琴之後，你斯文多了嗎？
Huáng tàitai: Nǐ bù juéde xué le xiǎotíqín zhīhòu, nǐ sīwen duō le ma?

tō gīp

拖喼

詞 - 義

粵語在表達「使物體跟着自己移動」時較習慣説「拖」，上例在粵語中可以説「拖住隻狗」。再如，普通話的「手拉手」，在粵語中可以説「手拖手 / 拖住手 / 拖手仔」。而在普通話中，「拖」只能解釋為「拉着物體使其挨着地面移動」，例如，「把箱子拖過來」。

對 - 話

陳太：黃太，妳拖住個喼，去旅行嗬？
Chàhn táai: Wòhng táai, néih tōjyuh go gīp, heui léuihhàhng àh?

黃太：邊度係吖！阿仔今日學跆拳道，跟住去學小提琴，我要拎咁多嘢，仲要拖住個仔，想唔拖喼都唔得囉。
Wòhng táai: Bīndouh haih ā! A-jái gāmyaht hohk tòihkyùhndouh, gānjyuh heui hohk síutàihkàhm, ngóh yiu līng gamdō yéh, juhng yiu tōjyuh go jái, séung m̀tō gīp dōu m̀dāk lō.

陳太：而家培養個小朋友真係唔容易呀可？
Chàhn táai: Yìhgā pùihyéuhng go síupàhngyáuh jānhaih m̀yùhngyih a hó?

黃太：係呀，我上次同老公拖手仔行街，都係半年之前嘅事嚹。
Wòhng táai: Haih a, ngóh seuhngchi tùhng lóuhgūng tō sáujái hàahnggāi, dōu haih bunnìhn jīchìhn ge sih la.

(對個仔) 我哋做咁多嘢都係為咗你嘅將來咋！
(deui go jái) Ngóhdeih jouh gamdō yéh dōu haih waihjó néih ge jēunglòih ja!

陳太：哦，噉如果小朋友鍾意學，都值得嘅。
Chàhn táai: Óh, gám yùhgwó síupàhngyáuh jūngyi hohk, dōu jihkdāk gé.

仔：我鍾意學跆拳道，唔鍾意拉小提琴！
Jái: Ngóh jūngyi hohk tòihkyùhndouh, m̀jūngyi lāai síutàihkàhm!

黃太：你唔覺得學咗小提琴之後，你斯文咗好多咩？
Wòhng táai: Néih m̀gokdāk hohkjó síutàihkàhm jīhauh, néih sīmàhnjó hóudō mē?

cèng

蹭

普通話「蹭」的意思是「磨擦」，如：手蹭破了皮，汽車蹭掉了漆等等。因為擦過而沾上了東西，也可以用「蹭」，如：蹭了一背的灰，蹭髒了衣服等等。

對話

阿明：你的右手在哪兒蹭了那麼多灰？
Ā Míng: Nǐ de yòushǒu zài nǎr cèng le nàme duō huī?

阿聰：哦，剛才去朋友家吃飯，誰知道他家客廳剛刷了牆，我不小心蹭到了！
Ā Cōng: ò, gāngcái qù péngyou jiā chī fàn, shéi zhīdào tājiā kètīng gāng shuā le qiáng, wǒ bù xiǎoxīn cèng dào le!

阿明：你是不是還蹭了點菜湯？你瞧那條狗不停地用鼻子蹭你的袖子呢。
Ā Míng: Nǐ shì bu shì hái cèng le diǎn càitāng? Nǐ qiáo nà tiáo gǒu bùtíng de yòng bízi cèng nǐ de xiùzi ne.

hāai

揩

粵語在表示上述意思時並沒有一個完全跟「蹭」對應的字。以上幾例粵語分別表示為「擦損咗手」，「部車揩花咗」，「揩到背脊都係灰塵」，「件衫揩污糟咗」。

此外，「蹭」還有「從中佔人家便宜、沾光」一義。白佔便宜地吃、喝，普通話可以說「蹭吃蹭喝」或「蹭飯」，粵語是「黐餐」；白坐人家的車，普通話叫「蹭車」，粵語叫「黐車坐」；不交錢報名而去旁聽，普通話叫「蹭課」，粵語叫「黐堂」。粵語裏有「揩油」這個詞語，其中的「揩」大致可以跟「蹭」對應，但是「揩」並不可以跟吃飯和坐車等搭配。

阿明：你隻右手喺邊度揩到咁多辣撻嘢㗎？

A-mìhng: Néih jek yauhsáu hái bīndouh hāaidóu gamdō laahttaat yéh ga?

阿聰：哦，頭先我去咗朋友屋企黐餐，點知客廳埲牆啱啱髹咗灰水，我唔小心揩到囉！

A-chūng: Óh, tàuhsīn ngóh heuijó pàhngyáuh ūkkéi chīchāan, dímjī hāaktēng buhng chèuhng ngāamngāam yàuhjó fūiséui, ngóh m̀síusāam hāaidóu lō!

阿明：你係咪仲揩到啲菜汁呀？你睇吓隻狗唔停噉用個鼻揩你隻衫袖喎。

A-mìhng: Néih haih maih juhng hāaidóu dī choijāp a? Néih táiháh jek gáu m̀tìhng gám yuhng go beih hāai néih jek sāamjauh wo.

練習：

一、請選出與標有下劃線的粵語對應的普通話詞語

掰手腕	捏麵人	掐	摁	打
搭	搬	夠	碰	舉

1 這個季節的桃鮮嫩多汁，用手輕輕一杅就可以揤啲水出嚟。＝________

2 嗰日有個阿伯喺街邊撚泥公仔，佢幫我撚咗隻馬騮，好得意。＝________

3 佢好大力㗎，同人拗手瓜從來未輸過。＝________

4 落雨喎，擔把遮啦。＝________

5 唔熟嘅生意千祈唔好掂。＝________

6 擔張枱入去。＝________

7 你唔係攞住部相機嘅咩？快啲撳個掣影低佢啦。＝________

8 小朋友都好鍾意砌積木。＝________

9 掂得到嘅幸福先至係你嘅，掂唔到嘅幸福就唔屬於你。________

二、請在括號內填上與圖畫意思相符的詞語（A-H）。

1. ( )

2. （ ）

3. （ ）

4. （ ）

5. （ ）

6. （ ）

A. 揉眼睛 róu yǎnjing

B. 拔牙 bá yá

C. 塗口紅 tú kǒuhóng

D. 擦眼睛 cā yǎnjing

E. 刮鬍子 guā húzi

F. 掏耳朵 tāo ěrduo

G. 堵住耳朵 dǔ zhù ěrduo

H. 摳鼻屎 kōu bíshǐ

累足成步

「腿」「腳」之辨

據說中文大學有一個「女人腳」雕塑。在說普通話的人看來，它怎麼看也不像是一雙「腳」，而只能說像兩條「腿」。為甚麼說粵語的學生容易把「腿」說成「腳」呢？這還要從普粵詞彙的差異說起。

普通話中的「腿」，是小腿和大腿的總稱。「腳」是指「足」。因此有「腿長穿褲子好看」、「腳大難買鞋」的說法。粵語中的「腳」除了指「足」以外，還包括了小腿，因此有「腳長」的說法。「甲組腳」也就是說小腿特別粗、像甲組足球運動員一樣的腿。粵語的這個意思是「腳」的本義，《說文解字》：「腳，脛也。」指「小腿」。《韓非子．難言》也說「孫子臏腳于魏」。粵語中的「髀」、「大髀」（或作「肶」、「大肶」）指的是膝蓋以上的大腿。當年劉備久不騎馬，髀肉復生，就是大腿的肉長出來了。「髀」在普通話的口語已經不用了。在香港的茶餐廳，客人可以點「雞髀飯」，用普通話說出來就得說「雞腿飯」。當然粵語也用「腿」字，例如「火腿」、「飛毛腿」等。至於「腳」字，粵語中也可用於描述其他物件，例如三條腿的椅子叫做「三腳櫈」。

普通話和粵語中有關腿腳的名詞和動詞有不少是有差異的，這是學習粵語和普通話的人都要注意的。下面接着說說跟腿有關的動詞方面的情況。

dūn

蹲

普通話「蹲」的意思是：兩腿盡量彎曲，像坐的樣子，但臀部不着地，如：逛累了，她就蹲在地上休息一會兒。還可以引申指待着或閑居，如：蹲在家、蹲監獄。

對話

阿康：這兩天在西安吃得還習慣嗎？
Ā Kāng: Zhè liǎng tiān zài Xī'ān chī de hái xíguàn ma?

阿泰：西安的美食真是名不虛傳。不過，比起美食，陝西的風俗文化更吸引我。
Ā Tài: Xī'ān de měishí zhēn shì míngbùxūchuán. Búguò, bǐ qǐ měishí, Shǎnxī de fēngsú wénhuà gèng xīyǐn wǒ.

阿康：那你一定聽說過「陝西八大怪」咯？
Ā Kāng: Nà nǐ yídìng tīngshuō guò “Shǎnxī bā dà guài” lo?

阿泰：當然了！其中有一怪「凳子不坐蹲起來」，還真是呢。我看到很多本地人端着一大碗麵，蹲在門口或是凳子上吃飯，太有意思啦！
Ā Tài: Dāngrán le! Qízhōng yǒu yí guài “dèngzi bú zuò dūn qǐlái”, hái zhēn shì ne. Wǒ kàn dào hěnduō běndì rén jiù duānzhe yí dà wǎn miàn, dūn zài ménkǒu huò shì dèngzi shàng chīfàn, tài yǒu yìsi la!

māu

踎

詞義

粵語「蹲」的動作用「踎」來表示，如：「佢的習慣踎喺度食野」。上兩例廣東話可以說「踎喺屋企」、「踎監」。

對話

阿康：呢兩日喺西安食得慣唔慣呀？

A-hōng: Nī léuhng yaht hái Sāiōn sihkdāk gwaan m̀gwaan a?

阿泰：西安嘅美食果然名不虛傳。不過，陝西嘅風俗同文化比美食更加吸引我。

A-taai: Sāiōn ge méihsihk gwóyìhn mìhng bāt hēui chyùhn. Bātgwo, Símsāi ge fūngjuhk tùhng màhnfa béi méihsihk ganggā kāpyáhn ngóh.

阿康：噉你一定聽過「陝西八大怪」啦？

A-hōng: Gám néih yātdihng tēnggwo "Símsai baat daaih gwaai" lā?

阿泰：梗係啦，聽見話其中有一怪「有凳唔坐踎喺度」，原來係真㗎。我見到好多當地人攞住一大碗麵，踎喺門口或者凳上便食，真係好得意呀！

A-taai: Gánghaih lā, tēnggin wah kèihjūng yáuh yāt gwaai "yáuh dang m̀chóh māu hái douh", yùhnlòih haih jān ga. Ngóh gindóu hóudō dōngdeihyàhn lójyuh yāt daaih wún mihn, māu hái mùhnháu waahkjé dang seuhngbihn sihk, jānhaih hóu dākyi a!

duò jiǎo

跺腳

詞義

普通話「跺」的意思是「用力踏地」，只能夠用於腳的動作。

對話

小美：你知道嗎，不同民族的舞蹈都有自己標誌性的動作。
Xiǎo Měi: Nǐ zhīdào ma, bùtóng mínzú de wǔdǎo dōu yǒu zìjǐ biāozhì xì ng de dòngzuò.

小麗：比如說呢？
Xiǎo Lì: Bǐrú shuō ne?

小美：比如說，新疆舞的標誌動作就是動脖子；蒙古族舞蹈常常要抖肩；藏族的舞蹈常常要跺腳。
Xiǎo Měi: Bǐrú shuō, xīnjiāng wǔ de biāozhì dòngzuò jiùshì dòng bózi; Měnggǔzú wǔdǎo chángcháng yào dǒu jiān; Zàngzú de wǔdǎo chángcháng yào duò jiǎo.

小麗：那我應該去學習藏族舞。
Xiǎo Lì: Nà wǒ yīnggāi qù xuéxí Zàngzú wǔ.

小美：為甚麼？
Xiǎo Měi: Wèi shénme?

小麗：解氣唄！你沒聽人常說「氣得直跺腳」嘛！生氣的時候就跳段藏族舞。
Xiǎo Lì: Jiěqì bei! Nǐ méi tīng rén cháng shuō “qì de zhí duò jiǎo” ma! Shēngqì de shíhou jiù tiào duàn Zàngzú wǔ.

小美：這也可以？真有你的！
Xiǎo Měi: Zhè yě kěyǐ? Zhēn yǒu nǐ de!

dahm geuk

揼 腳

粵語相應的字是「揼」，音「dahm」。「揼」這個字在粵語中還用於表達其他的意思，一是拖延，音「dām」, 如：「揼時間」；二是丟棄，音「dám」，如：「揼垃圾」；三是蓋（印），音「dám」，如：「老師喺我本簿揼左兩個兔仔印」；四是捶打，音「dahp」，如：「揼釘」。

對話

小美：妳知嗎，唔同民族嘅舞蹈都有自己招牌動作。
Síu-Méih: Néih jī ma, m̀tùhng màhnjuhk ge móuhdouh dōu yáuh jihgéi ge jīupàaih duhngjok.

小麗：譬如呢？
Síu-Laih: Peiyùh nē?

小美：譬如話，新疆舞嘅招牌動作就係郁頸；蒙古舞就時時鬆肩；藏族舞就時時揼腳。
Síu-Méih: Peiyùh wah, Sān'gēung móuh ge jīupàaih duhngjok jauh haih yūk géng; Mùhnggú móuh jauh sìhsìh sūnggīn; Johngjuhk móuh jauh sìhsìh dahmgeuk.

小麗：噉我應該去學藏族舞。
Síu-Laih: Gám ngóh yīnggōi heui hohk Johngjuhk móuh.

小美：點解呢？
Síu-Méih: Dímgáai nē?

小麗：可以發洩吖嘛！妳冇聽人話「激到揼蹄揼爪」咩！嬲嗰陣就跳西藏舞。
Síu-Laih: Hóyíh faatsit ā ma! Néih móuh tēng yàhn wah “gīkdou dahm tàih dahm jáau” mē! Nāu gójahnsìh jauh tiu Johngjuhk móuh.

小美：噉都得，妳真犀利！
Síu-Méih: Gám dōu dāk, néih jān sāileih!

chuài

踹

普通話「踹」的意思是「腳底向外踢」，與「踢」不同之處在於強調用腳底，如：把門踹開。

小麗：哇，電影裏的男主角太帥了！我的新偶像誕生了。
Xiǎo Lì: Wā, diànyǐng lǐ de nán zhǔjué tài shuài le! Wǒ de xīn ǒuxiàng dànshēng le.

小美：我也很喜歡他。你覺得他在哪個場景裏最帥？
Xiǎo Měi: Wǒ yě hěn xǐhuan tā. Nǐ juéde tā zài nǎge chǎngjǐng lǐ zuì shuài?

小麗：當然是在竹林裏那段兒，他一陣連環踢，然後跳起來一個飛踹，動作乾淨利落。你不覺得嗎？
Xiǎo Lì: Dāngrán shì zài zhúlín lǐ nà duànr, tā yízhèn liánhuán tī, ránhòu tiào qǐ lái yí ge fēi chuài, dòngzuò gānjìng lìluo.

小美：不。我喜歡他不顧一切沖去救女主角的那段兒，大吼一聲，一腳把門踹開，太爺們兒了。我要是那姑娘，就幸福死了！
Xiǎo Měi: Bù. Wǒ xǐhuan tā búgù yíqiè chōng qù jiù nǚ zhǔjué de nà duànr, dà hǒu yì shēng, yì jiǎo bǎ mén chuài kāi, tài yémenr le. Wǒ yàoshi nà gūniang, jiù xìngfú sǐ le!

小麗：你呀！真是矯情！
Xiǎo Lì: Nǐ ya! Zhēnshi jiǎoqíng!

tek

踢

詞義

粵語與普通話「踹」完全對應的表述是「yaang」(有音無字)。只不過在某些情況下，人們使用粵語時並不嚴格區分「用腳底 yaang」還是「用腳背踢」。另外粵語還有俗語「一腳踢」，意為一手包攬。

對話

小麗：電影入便個男主角好型呀！我嘅新偶像誕生嘑。
Síu-laih: Dihnyíng yahpbihn go nàahnjyúgok hóu yìhng a! Ngóh ge sān ngáuhjeuhng daansāng la.

小美：妳覺得佢邊場戲入便最型呀？
Síu-méih: Néih gokdāk kéuih bīn chèuhng hei yahpbihn jeui yìhng a?

小麗：竹林嗰場，佢一個連環腿，跟住跳起飛踢，動作乾淨俐落。妳唔覺得咩？
Síu-laih: Jūklàhm gó chèuhng, kéuih yātgo lìhnwàahn téui, gānjyuh tiuhéi fēi tek, duhngjok gōnjehng leihlohk. Néih m̀gokdāk mē?

小美：我就鍾意佢唔理三七二十一衝去救女主角嗰段。佢大喝一聲，一腳踭開度門，真係好 man 呀。如果我係嗰個女仔，實冧死嘑！
Síu-méih: Ngóh jauh jūngyi kéuih m̀léih sāamchāt yihsahpyāt chūngheui gau néuihjyúgok gó dyuhn. Kéuih daaihhot yātsēng, yāt geuk yaanghōi douh mùhn, jānhaih hóu mēn a. Yùhgwó ngóh haih gó go néuihjái, saht lāmséi la!

小麗：妳好作狀喎。
Síu-laih: Néih hóu jokjohng wo.

bàn

絆

詞－義

普通話「絆」的意思是行走時被別的東西擋住或纏住，如：絆住、絆倒、絆腳石。

對－話

阿康：莉莉在那兒幹甚麼呢？
Ā Kāng: Lìlì zài nàr gàn shénme ne?

小美：她在整理那些電線。
Xiǎo Měi: Tā zài zhěnglǐ nàxiē diànxiàn.

阿康：為甚麼要整理電線啊？
Ā Kāng: Wèi shénme yào zhěnglǐ diànxiàn a?

小美：她今天在那兒被絆倒了兩次，所以她想把電線理一理，免得別人再被絆倒。
Xiǎo Měi: Tā jīntiān zài nàr bèi bàn dǎo le liǎng cì, suǒyǐ tā xiǎng bǎ diànxiàn lǐ yi lǐ, miǎnde biérén zài bèi bàn dǎo.

阿康：那我們也去幫忙吧。
Ā Kāng: Nà wǒmen yě qù bāngmáng ba.

小美：走！
Xiǎo Měi: Zǒu!

kīk

棘

粵語與「絆」對應的詞是「棘」，「棘」的含義是前面有東西要跨過去但是跨不過去，如：「棘到地下條電線」，「小心唔好棘親」，「伸隻腳出去棘低佢」，「條線棘住魚鉤」。但如果要用粵語讀「絆腳石」，就應該照字讀「buhn geuk sehk」。

阿康：莉莉喺度做乜呀？
A-hōng: Leih-leih hái douh jouh māt a?

小美：佢想整好啲電線。
Síu-méih: Kéuih séung jínghóu dī dihnsin.

阿康：點解嘅？
A-hōng: Dímgáai gé?

小美：佢今日喺嗰度棘低咗兩次，所以佢想執好啲線，費事其他人棘親。
Síu-méih: Kéuih gāmyaht hái gódouh kīkdāijó léuhngchi, sóyíh kéuih séung jāphóu dī sin, faisih kéihtā yàhn kīkchān.

阿康：噉我哋都去幫吓手啦。
A-hōng: Gám ngóhdeih dōu heui bōngháhsáu lā.

小美：噉行啦。
Síu-méih: Gám hàahng lā.

wǎi jiǎo

崴腳

普通話「崴」的意思是：腳扭傷，已經包含「傷」的含義。如：走路不小心，把腳給崴了。

對話

阿康：我最近真是太倒楣了。
Ā Kāng: Wǒ zuìjìn zhēnshi tài dǎoméi le.

阿凱：怎麼了？
Ā Kǎi: Zěnme le?

阿康：前天下雨忘了帶傘，昨天出成績掛了兩科，今天下樓梯的時候又崴了腳，你説我慘不慘？
Ā Kāng: Qiántiān xià yǔ wàng le dài sǎn, zuótiān chū chéngjì guà le liǎng kē, jīntiān xià lóutī de shíhou yòu wǎi le jiǎo, nǐ shuō wǒ cǎn bu cǎn?

阿凱：你是挺慘的，不過我更慘。
Ā Kǎi: Nǐ shì tǐng cǎn de, búguò wǒ gèng cǎn.

阿康：你怎麼了？
Ā Kāng: Nǐ zěnme le?

阿凱：我被女朋友甩了，心情很差，就和朋友去喝酒，早上沒聽到鬧鐘響，錯過了兩個考試，點兒背到家了！
Ā Kǎi: Wǒ bèi nǚ péngyou shuǎi le, xīnqíng hěn chà, jiù hé péngyou qù hē jiǔ, zǎoshang méi tīng dào nàozhōng xiǎng, cuòguò le liǎng ge kǎoshì, diǎnr bèi dào jiā le!

阿康：嗐，我們真是難兄難弟呀！
Ā Kāng: Hài, wǒmen zhēnshi nànxiōngnàndì ya!

náu chān geuk

扭親腳

詞義

粵語「扭」只表示轉動或擰的動作，並無「受傷」的意味。加上後面的「親」，才可以表示「傷」或者「壞了」的意思。

類似表示「受傷」的詞語還有很多，例如普通話的「割傷」在粵語裏是「切親」，普通話的「跌傷」在粵語裏是「跌親」，普通話的「噎着」在粵語裏是「骾親（káng chān）」。

對話

阿康：我呢排真係黑滯。

A-hōng: Ngóh nīpáai jānhaih hākjái.

阿凱：咩事呀？

A-hói: Mē sih a?

阿康：前日落雨唔記得帶遮，噚日出 grade 肥咗兩科，今日落樓梯又扭親隻腳，你話我慘唔慘？

A-hōng: Chìhnyaht lohkyúh m̀geidāk daai jē, kàhmyaht chēut grēi fèihjó léuhngfō, gāmyaht lohk làuhtāi yauh náuchān jek geuk, néih wah ngóh cháam m̀cháam?

阿凱：又真係幾慘，不過我仲慘。

A-hói: Yauh jānhaih géi cháam, bātgwo ngóh juhng cháam.

阿康：你咩事呀？

A-hōng: Néih mē sih a?

阿凱：我俾我女朋友飛咗，心情好差就同朋友飲酒，朝早聽唔到鬧鐘，miss 咗兩個考試，衰到貼地呀！

A-hói: Ngóh béi néuihpàhngyáuh fēijó, sāmchìhng hóu chā jauh tùhng pàhngyáuh yám jáu, jīujóu tēngm̀dóu naauhjūng, mīs jó léuhnggo háausi, sēuidou tipdéi a!

阿康：唉，我哋真係難兄難弟呀！

A-hōng: Aaih, ngóhdeih jānhaih naahnhīng naahndaih a!

qiào èr láng tuǐ
翹二郎腿

詞義

普通話「蹺二郎腿」的意思是：坐時一腿架於另一腿之上，上面的腳蹺起。據説四川等地的廟裏供奉的「二郎神」就是這個坐姿，故稱之為「二郎腿」。

對話

小美：你看，同樣是蹺二郎腿，有的人蹺得很優雅，有的人蹺得很豪放，有的人就蹺得很不好看，特別是蹺着二郎腿還一直晃。
Xiǎo Měi: Nǐ kàn, tóngyàng shì qiào èrlángtuǐ, yǒude rén qiào de hěn yōuyǎ, yǒude rén qiào de hěn háofàng, yǒude rén jiù qiào de hěn bù hǎ okàn, tèbié shì qiàozhe èrlángtuǐ hái yìzhí huàng.

小麗：説的是！我小時候因為蹺二郎腿的時候晃腿被我媽打過很多次。她説那樣看起來很沒禮貌。
Xiǎo Lì: Shuō de shì! Wǒ xiǎo shíhou yīnwèi qiào èrlángtuǐ de shíhou huàng tuǐ bèi wǒ mā dǎguo hěn duō cì. Tā shuō nàyàng kàn qǐlái hěn méi lǐmào.

小美：我媽更誇張，一看見我蹺二郎腿就叨叨我，説甚麼總是蹺二郎腿對膝蓋不好啦，影響血液回流啦……我在她面前都不敢蹺二郎腿了。
Xiǎo Měi: Wǒ mā gèng kuāzhāng, yí kànjiàn wǒ qiào èrlángtuǐ jiù dāodao wǒ, shuō shénme zǒngshì qiào èrlángtuǐ duì xīgài bùhǎo la, yǐ ngxiǎng xuèyè huíliú la…Wǒ zài tā miànqián dōu bù gǎn qiào èrlángtuǐ le.

kíuh geuk

翹腳

粵語表達這個意思用的是「蹺腳」，動詞跟普通話沒有差異，只是「蹺」的對象與普通話不同，因為粵語的「腳」可以指腿。

對話

小美：妳睇吓，同樣都係翹腳，有啲人翹得好優雅，有啲人翹得好豪放，有啲人就翹得好肉酸，尤其是翹住腳仲唔停噉印。

Síu-méih: Néih táiháh, tùhngyeuhng haih kíuh geuk, yáuhdī yàhn kíuhdāk hóu yātngáh, yáuhdī yàhn kíuhdāk hóu hòuhfong, yáuhdī yàhn jauh kíuhdāk hóu yuhksyūn, yàuhkèihsih kíuhjyuh geuk juhng m̀tìhng gám ngan.

小麗：講得啱！我細個嗰陣時因為翹腳同印腳俾阿媽打過好多次。佢話噉樣睇起上嚟冇禮貌。

Síu-laih: Góngdāk ngāam! Ngóh saigo gójahnsìh yānwaih kíuh geuk tùhng ngan geuk béi a-mā dágwo hóudō chi. Kéuih wah gámyéung táihéiséuhnglàih móuh láihmaauh.

小美：我阿媽仲誇張，一見到我翹腳就哦我，話成日翹腳對膝頭哥唔好啦，影響血液循環啦……我喺佢面前都唔敢翹腳嘑。

Síu-méih: Ngóh a-mā juhng kwājēung, yāt gindóu ngóh kíuhgeuk jauh ngòh ngóh, wah sèhngyaht kíuh geuk deui sāttàuhgō m̀hóu lā, yínghéung hyutyihk chèuhnwàahn lā...Ngóh hái kéuih mihnchìhn dōu m̀gám kíuh geuk la.

pǐ chà

劈叉

詞義

普通話「劈叉」是指武術或體操中「兩腿向相反方向分開，臀部着地」的動作，既可作動詞，也可作名詞。

對話

阿泰：阿強，好久不見，這是要去哪兒啊？
Ā Tài: ā Qiáng, hǎojiǔ bú jiàn, zhè shì yào qù nǎr a?

阿強：我要去紅館看阿 May 的演唱會。
Ā Qiáng: Wǒ yào qù hóngguǎn kàn ā May de yǎnchànghuì.

阿泰：幹嗎去看阿 May 的演唱會，我覺得她的水平一般啊。
Ā Tài: Gànmá qù kàn ā May de yǎnchànghuì, wǒ juéde tā de shuǐpíng yìbān a.

阿強：她現在是比不上很多一線歌手，但是她很努力，就拿這次來説，為了開演唱會苦練劈叉，對於沒有學過舞蹈的人來説很不容易的。
Ā Qiáng: Tā xiànzài shì bǐ bú shàng hěnduō yīxiàn gēshǒu, dànshì tā hěn nǔlì, jiù ná zhè cì lái shuō, wèile kāi yǎnchànghuì kǔ liàn pǐchà, duì yú méiyǒu xuéguo wǔdǎo de rén lái shuō hěn bù róngyì de.

阿泰：原來她這麼努力，真是改變了我對這個人的看法。
Ā Tài: Yuánlái tā zhème nǔlì, zhēnshi gǎibiàn le wǒ duì zhège rén de kànfǎ.

阿強：是啊，還是有很多人挺喜歡她的，演唱會門票很快就賣光了。
Ā Qiáng: Shì a, háishi yǒu hěnduō rén tǐng xǐhuan tā de, yǎnchànghuì ménpiào hěn kuài jiù mài guāng le.

maak yāt jih máh

擘一字馬

詞義

粵語中和普通話「劈叉」對應的詞因詞性不同會有差異，表達名詞性用法的時候粵語説「一字馬」；用作動詞的時候粵語説「擘一字馬」，如：「你擘唔擘到一字馬呀？」

對話

阿泰：阿強，好耐冇見，去邊啊？
A-taai: A-kèuhng, hóu noih móuh gin, heui bīn a?

阿強：我要去紅館睇阿 May 嘅演唱會。
A-kèuhng: Ngóh yiu heui Hùhnggún tái A-mēi ge yíncheungwúi.

阿泰：做咩去睇阿 May 嘅演唱會嘅？我覺得佢麻麻哋啫嚩。
A-taai: Jouh mē heui tái A-mēi ge yíncheungwúi gé? Ngóh gokdāk kéuih màhmádéi je bo.

阿強：佢而家係同好多一線歌手冇得比，但係佢好努力㗎。好似今次噉吖，為咗開演唱會，佢苦練擘一字馬，對於未學過舞蹈嘅人嚟講係幾唔容易㗎。
A-kèuhng: Kéuih yìhgā haih tùhng hóudō yātsin gōsáu móuhdākbéi, daahnhaih kéuih hóu nóuhlihk ga. Hóuchíh gāmchi gám ā, waihjó hōi yíncheungwúi, kéuih fúlihn maak yātjihmáh, deuiyū meih hohkgwo móuhdouh ge yàhn làih góng haih géi m̀yùhngyih ga.

阿泰：原來佢咁努力㗎，真係改變咗我對呢個人嘅睇法。
A-taai: Yùhnlòih kéuih gam nóuhlihk gàh, jānhaih góibinjó ngóh deui nīgo yàhn ge táifaat.

阿強：係呀，其實有好多人都幾鍾意佢㗎，演唱會啲飛唔使幾耐就賣晒嘞。
A-kèuhng: Haih a, kèihsaht yáuh hóudō yàhn dōu géi jūngyi kéuih ga, yíncheungwúi dī fēi m̀sái géinói jauh maaihsaai la.

diǎn jiǎo

踮脚

詞－義

普通話「踮」的意思是：抬起腳後跟用腳尖站着，所以「踮」涉及的對象只能是「腳」。

對－話

小美：昨天去迪士尼玩兒得怎麼樣？是不是人特多？
Xiǎo Měi: Zuótiān qù díshìní wánr de zěnmeyàng? Shì búshì rén tè duō?

小麗：別提了，淨看人了！花車巡游的時候，裏三層外三層都是人，全程我都得抻着脖子、踮着腳，累得要命。
Xiǎo Lì: Bié tí le, jìng kàn rén le! Huāchē xúnyóu de shíhou, lǐ sān céng wài sān céng dōu shì rén, quánchéng wǒ dōu děi chēn zhe bózi、diǎn zhe jiǎo, lèi de yàomìng.

小美：哈哈，旺季旅行就是這樣，到處都是人。我想，這種情況，如果是芭蕾舞演員的話，一定沒難度，她們的專業就是踮着腳走路。
Xiǎo Měi: Hāhā, wàngjì lǚxíng jiùshì zhèyàng, dàochù dōu shì rén. Wǒ xiǎng, zhè zhǒng qíngkuàng, rúguǒ shì bāléiwǔ yǎnyuán de huà, yídì ng méi nándù, tāmen de zhuānyè jiùshì diǎn zhe jiǎo zǒu lù.

小麗：你說得對，我應該去學學芭蕾舞，不僅有藝術價值，旅行的時候還能派上用場。
Xiǎo Lì: Nǐ shuō de duì, wǒ yīnggāi qù xuéxue bāléiwǔ, bùjǐn yǒu yìshù jiàzhí, lǚxíng de shíhou hái néng pài shàng yòngchǎng.

gaht gōu deui geuk

趷高對腳

粵語「趷」的意思是：抬高或翹起肢體的某一部分，涉及的對象不局限於腳，如：「趷起羅柚」（普通話意為「撅起屁股」）。

此外，粵語表達普通話「踮腳」的意思時不能說「趷腳」，必須要在中間加一個「高」字，說成「趷高腳」或「趷高對腳」。

小美：噖日去迪士尼點呀？係咪好多人呀？

Síu-méih: Kàhmyaht heui Dihksihnèih dím a? Haih maih hóudō yàhn a?

小麗：唔好提嚕，淨係睇人！花車巡遊個陣時，啲人密質質，圍都實，我全程都要伸長條頸，趷高對腳，攰到死。

Síu-laih: M̀hóu tàih la, jihnghaih tái yàhn! Fāchē chèuhnyàuh gójahnsìh, dī yàhn mahtjātjāt, wàihdou saht, ngóh chyùhnchìhng dōu yiu sānchèuhng tìuh géng, gahtgōu deui geuk, guihdou séi.

小美：哈哈，旺季去旅遊係噉㗎嚕，四圍都係人。我諗呢種情況，如果係芭蕾舞演員嘅話，就一定冇難度嚕，佢哋嘅專業就係趷高腳尖行路。

Síu-méih: Hāhā, wohnggwai heui léuihyàuh haih gám ga la, seiwàih dōuhaih yàhn. Ngóh nám nījúng chìhngfong, yùhgwo haih bālèuihmóuh yínyùhn ge wah, jauh yātdihng móuh nàahndouh la, kéuihdeih ge jyūnyihp jauh haih gahtgōu geukjīm hàahnglouh.

小麗：妳講得啱，我應該去學吓芭蕾舞，唔只有藝術價值，旅行嗰陣時仲好實用添。

Síu-laih: Néih góngdāk ngāam, ngóh yīnggōi heui hohkháh bālèuihmóuh, m̀jí yáuh ngaihseuht gajihk, léuihhàhng gójahnsìh juhng hóu sahtyuhng tīm.

dēng sān lúnr

蹬三輪兒

詞義

普通話「蹬」的常用意思，一是腿和腳向腳底的方向用力，如：「蹬水車」、「蹬三輪兒」；二是踩踏，如：「蹬在窗台上擦玻璃」。

對話

小剛：你小時候都玩甚麼？
Xiǎo Gāng: Nǐ xiǎoshíhou dōu wán shénme?

大勇：玩兒的東西可多了。我小時候喜歡和朋友們一起捉麻雀、下水捕魚、比賽蹬三輪車。
Dà Yǒng: Wánr de dōngxi kě duō le. Wǒ xiǎoshíhou xǐhuan hé péngyoumen yìqǐ zhuō máquè、xià shuǐ bǔ yú、bǐsài dēng sānlúnchē.

小剛：你會蹬三輪兒？蹬三輪兒看着容易，實際上很難控制方向。
Xiǎo Gāng: Nǐ huì dēng sānlúnr? Dēng sānlúnr kàn zhe róngyì, shíjì shàng hěn nán kòngzhì fāngxiàng.

大勇：我小時候住在農村，每天都去蹬我爺爺的三輪兒，想當年我的技術可是一流的！
Dà Yǒng: Wǒ xiǎoshíhou zhù zài nóngcūn, měi tiān dōu qù dēng wǒ yéye de sānlúnr, xiǎng dāngnián wǒ de jìshù kěshì yīliú de!

小剛：我最近幫人送貨，蹬了幾次三輪兒，覺得很好玩兒。
Xiǎo Gāng: Wǒ zuìjìn bāng rén sòng huò, dēng le jǐ cì sānlúnr, juéde hěn hǎowánr.

大勇：那我們來個蹬三輪兒比賽怎麼樣？
Dà Yǒng: Nà wǒmen lái ge dēng sānlúnr bǐsài zěnmeyàng?

小剛：好啊，現在就比。
Xiǎo Gāng: Hǎo a, xiànzài jiù bǐ.

cháai/yáai sāam lèuhn chē

踩 三 輪 車

詞義

粵語的「踩三輪車」跟普通話的「蹬三輪兒」意思相同。粵語「踩」兼有用腳蹬以提供動力及腳底接觸地面或物體兩個意思，如：「踩車返工」、「踩到人」。

對話

剛仔：你細個嗰陣時玩啲乜嘢㗎？
Gōng-jái: Néih saigo gójahnsìh wáan dī mātyéh ga?

大勇：好多嘢玩呀。我細個嗰陣時鍾意同啲朋友一齊捉雀仔、捉魚、同踩三輪車比賽。
Daaih-yúhng: Hóudō yéh wáan a. Ngóh saigo gójahnsìh jūngyi tùhng dī pàhngyáuh yātchàih jūk jeukjái, jūk yú, tùhng cháai sāamlèuhnchē béichoi.

剛仔：你識踩三輪車㗎？踩三輪車睇落容易，其實好難控制方向嘅噃。
Gōng-jái: Néih sīk cháai sāamlèuhnchē gàh? Cháai sāamlèuhnchē táilohk yùhngyih, kèihsaht hóu nàahn hungjai fōngheung ge bo.

大勇：我細個住喺鄉下，日日都去踩我阿爺架三輪車，想當年我嘅技術真係一流㗎！
Daaih-yúhng: Ngóh saigo jyuh hái hēunghá, yaht yaht dōu heui cháai ngóh a-yèh ga sāamlèuhnchē, séung dōngnìhn ngóh ge geihseuht jānhaih yātlàuh ga!

剛仔：真係好嘑，我最近幫人送貨，都踩過幾次，覺得幾好玩。
Gōng-jái: Jānhaih hóu la, ngóh jeuigahn bōng yàhn sungfo, dōu cháaigwo géi chi, gokdāk géi hóuwáan.

大勇：不如我哋整返個三輪車比賽啦？
Daaih-yúhng: Bātyùh ngóhdeih jíngfāan go sāamlèuhnchē béichoi lā?

剛仔：好呀，噉就而家啦。
Gōng-jái: Hóu a, gám jauh yìhgā lā.

tāng

蹚

普通話「蹚」是指從淺水裏或有草的地方走過去。如：蹚過小溪、蹚着齊腰的麥子走過去，等等。「蹚渾水」這個詞有引申意義，比喻參與到他人不正當或是已經很麻煩的事情或活動中。比如：現在的候選人競爭已經這麼亂，你就別參加選舉了，蹚那個渾水幹甚麼？

對話

姐姐：看你，左手提着鞋，右手拿着傘，怎麼啦？
Jiěje: Kàn nǐ, zuǒshǒu tízhe xié, yòushǒu názhe sǎn, zěnme la?

弟弟：別提了，街上的下水道堵了，滿大街都是水。我是蹚水回來的。
Dìdi: Bié tí le, jiēshang de xiàshuǐdào dǔ le, mǎn dàjiē dōu shì shuǐ. Wǒ shì tāng shuǐ huílái de.

姐姐：我可不想蹚那麼髒的水。
Jiěje: Wǒ kě bùxiǎng tāng nàme zāng de shuǐ.

gaang

粵語的「浭」可以跟「蹚」對應。遇上大雨，街道變成澤國，走路的人像「浭水過河」，「浭水」跟涉水同義，但「浭水」不能引申出「蹚渾水」這個意思。前面提到的「蹚那個渾水」，粵語可以說「同流合污」、「掂嗰啲揦鮓嘢」。「揦鮓(láhjá)」，就是形容骯髒、不乾淨。例如：「唔好做呢啲揦鮓嘢嘑，同佢哋同流合污為乜？」

家姐：睇吓你，左手拎住對鞋，右手擔住把遮，搞乜鬼呀？

Gājē: Táiháh néih, jósáu līngjyuh deui hàaih, yauhsáu dāamjyuh bá jē, gáau māt gwái a?

細佬：唔好提嘑，條街啲坑渠塞咗，通街都係水。我浭水返屋企㗎。

Sailóu: M̀hóu tàih la, tìuh gāai dī hāangkèuih sākjó, tūng gāai dōu haih séui. Ngóh gaangséui fāan ūkkéi ga.

家姐：俾我就唔浭啲污糟水嘑！

Gājē: Béi ngóh jauh m̀gaang dī wūjōu séui la!

mài

邁

普通話「邁」的意思是抬腿向前走，跨過，例如：模特在天橋上邁着貓步，病得邁不開腿。中國的婚姻傳統中，保留了「邁火盆」的習俗。新娘子進門，很多地方都有邁火盆的習慣。新娘跨過門前的火盆，寓意婚後的生活紅紅火火，也有驅除邪惡等含義。

對話

美美：上個禮拜我的香港朋友雪兒結婚，我當她的伴娘。她進新房之前，一定要先邁過火盆。聽說這樣會帶來吉利和好運。

Měi Měi: Shàngge lǐbài wǒde xiānggǎng péngyou Xuě'ér jiéhūn, wǒ dāng tāde bànniáng. Tā jìn xīnfáng zhīqián, yídìng yào xiān mài guò huǒpén. Tīngshuō zhèyàng huì dàilái jílì hé hǎoyùn.

小明：這張照片裏那個女孩子就是你的朋友吧？她把臉都蓋着，甚麼也看不到，不怕被火燒傷嗎？

Xiǎo Míng: Zhèzhāng zhàopiàn lǐ nàge nǚháizi jiùshì nǐde péngyou ba? Tā bǎ liǎn dōu gàizhe, shénme yě kànbudào, bú pà bèi huǒ shāo shāng ma?

美美：不用怕，其實前一天晚上我們已經跟雪兒練習了很多次，就是閉着眼睛走都沒問題！

Měi Měi: Búyòng pà, qíshí qián yìtiān wǎnshang wǒmen yǐjīng gēn Xuě'ér liànxí le hěnduō cì, jiùshì bìzhe yǎnjing zǒu dōu méi wèntí!

naam / laam

蹣

粵語與「邁」相當的是「蹣」。例如：「一腳蹣過去」、「大步蹣過」。這個「大步蹣過」，字面是指大步跨過去，但是引申義是指一個人走過困頓，避開苦難，例如：「醫生話病人接受深切治療之後，已經冇生命危險，總算大步蹣過。」

「邁」也可以引申為進入另一個領域、時期或階段，例如：「邁進新領域」，「邁向二十一世紀」。這時粵語就不能說「蹣」了，必須照字讀「邁進」、「邁向」。

對話

阿 May：上個禮拜我嘅香港朋友雪兒結婚，我做佢嘅伴娘。佢入去新屋之前，要蹣過一個火盆先至得。聽見話，咁樣會帶嚟吉利同好運喎。

A-mei: Seuhnggo láihbaai ngóhge Hēunggóng pàhngyáuh Syutyìh gitfān, ngóh jouh kéuihge buhnnéung. Kéuih yahpheui sān'ūk jīchìhn, yiu naamgwo yātgo fópùhn sīnji dāk. Tēngginwah, gámyéung wúih daai làih gātleih tùhng hóuwahn wóh.

明仔：張相裏面嗰個女仔就係你個朋友嘑？佢矇住塊面，乜都睇唔到，怕唔怕俾啲火燒親㗎？

Mīhng-jái: Nījēung séung léuihbihn gógo néuihjái jauh haih néih go pàhngyáuh làh ? Kéuih mùhngjyuh faai mihn, māt dōu tái m̀dóu, pa m̀pa béi dī fó sīuchān ga?

阿 May：唔使驚，其實嗲晚我哋已經同雪兒練習咗好多次，真係眯埋眼都識行囉！

A-mēi: M̀sái gēng, kèihsaht kàhmmáahn ngóhdeih yíhgīng tùhng Syutyìh lihnjaahpjó hóudō chi, jānhaih mī màaih ngáahn dōu sīk hàahng lo!

huá

滑

普通話的「滑」作動詞時意思是滑動、滑行，如：滑雪、滑了一跤；作形容詞時意思是光滑、滑溜，如：雨後的石板路有點兒滑。

對－話

王小姐：你怎麼今天好像不太開心呀？
Wáng xiǎojiě: Nǐ zěnme jīntiān hǎoxiàng bú tài kāixīn ya?

林小姐：唉，不就是上次那個生意嘛！被那個客戶涮了一把，都已經説好了，快要簽合同了才説不買，老闆很不高興呢。
Lín xiǎojiě: ài, bú jiùshì shàngcì nèige shēngyi ma! Bèi nèige kèhù shuàn le yìbǎ, dōu yǐjīng shuō hǎo le, kuài yào qiān hétong le cái shuō bù mǎi, lǎobǎn hěn bù gāoxìng ne.

王小姐：這些事很難説的，下次還有機會。來，我送支現在最流行的韓國洗面奶給你，包你洗完臉又白又滑。
Wáng xiǎojiě: Zhèxiē shì hěn nán shuō de, xiàcì hái yǒu jīhuì. Lái, wǒ sòng zhī xiànzài zuì liúxíng de Hánguó xǐmiànnǎi gěi nǐ, bāo nǐ xǐ wán liǎn yòu bái yòu huá.

林小姐：哎呀，太謝謝了！你去韓國旅行了嗎？
Lín xiǎojiě: āiyā, tài xièxie le! Nǐ qù Hánguó lǚxíng le ma?

清潔工人：小姐，不要光顧着説話。我剛剛拖了地，地上很滑，小心滑倒啊。
Qīngjié gōngrén: Xiǎojiě, bú yào guāng gù zhe shuōhuà. Wǒ gānggāng tuō le dì, dìshang hěn huá, xiǎoxīn huá dǎo a.

sin

跣

詞義

粵語相對應的詞是「跣」，也是既可作動詞又可作形容詞，意思也跟「滑」差不多。粵語有「跣手」這個説法，表示物體太滑不容易抓住，相當於普通話的「滑不溜秋」。但是要留意，在形容某些物品光滑的時候，粵語還是應該用「滑」的，比如皮膚。粵語有句俗語「好似剝殼雞春咁滑」，就是形容皮膚光滑得像剝了殼的雞蛋似的，惹人喜愛。

除此之外，粵語的「跣」還可以解釋為「耍弄、騙」，普通話則有俗語「涮」可與之對應。

對話

王小姐：妳點解今日好似唔係好開心噉嘅？

Wòhng síujé: Néih dímgáai gāmyaht hóuchíh m̀haih hóu hōisām gám gé?

林小姐：唉，咪上次嗰單生意囉！俾個客跣咗我一鋪，講好晒，就嚟簽合約先至話唔買，老細好唔鍾意呀。

Làhm síujé: Aaih, maih seuhngchi gódāan sāangyi lō! Béi go haak sinjó ngóh yātpōu, gónghóu saai, jauhlàih chīm hahpyeuk sīnji wah m̀máaih, lóuhsai hóu m̀jūngyi a.

王小姐：呢啲嘢好難講嘅，下次仲有機會。噚，我送支而家最流行嘅韓國洗面奶俾妳，包妳洗完塊面又白又滑。

Wòhng síujé: Nīdī yéh hóu nàahn góng gé, hahchi juhng yáuh gēiwuih. Nàh, ngóh sung jī yìhgā jeui làuhhàhng ge Hòhngwok sáimihnnáaih béi néih, bāau néih sáiyùhn faai mihn yauh baahk yauh waaht.

林小姐：嘩，多謝晒嚕！妳去咗韓國旅行咩？

Làhm síujé: Wa, dōjehsaai bo! Néih heuijó Hòhngwok léuihhàhng mē?

清潔工人：小姐，唔好掛住傾偈。我啱啱拖咗地，地下好跣，睇住跣低呀。

Chīnggit gūngyàhn: Síujé, m̀hóu gwajyuh kīnggái. Ngóh āamāam tōjódeih, deihhá hóu sin, táijyuh sindāi a.

練習：

一、下面着色的部分對應的粵語短語是甚麼？
請選擇與普通話詞語意思相符的答案填入對應的橫線上。

踹	踮	腳腕	扭親	膝頭哥
湎	一字馬	掭腳	翹腳	跣

1 別讓小孩在這兒**跺腳**，樓下會投訴的。＝ ________________

2 你注意到了嗎？西方人好像都不怎麼會**蹲**。＝ ________________

3 小時候最喜歡下雨的時候**蹚**水玩兒。＝ ________________

4 生活中沒有甚麼坎兒是**邁**不過去的，振作點。＝ ________________

5 昨天下樓梯**滑**了一下，把**腳脖子**也**崴了**。＝ __；__；__；

6 為了開演唱會，她苦練**劈叉**的動作。＝ ________________

7. 醫生跟我説總是**蹺二郎腿**對**膝蓋**不好。＝ ________________

二、請在下列圖中的括號內填上正確詞語的字母。

A. 踎 māu

B. 跣親 sinchān

C. 捺地 dahmdeih

D. 棘親 kīkchān

E. 扭親 náuchān

F. 翹腳 kíuhgeuk

G. 趷高對腳 gaht gōu deui geuk

H. 腳踭 geukjāang

附錄：

主題名詞普粵對照表

一 頭部主題名詞普粵對照表

普通話	粵語
臉 liǎn	面 mihn
眉毛 méimao	眉 / 眼眉毛 mèih/ngáahnmèihmòuh
睫毛 jiémáo	眼睫毛 / 眼翕毛 ngáahnjipmòuh / ngáahnyāpmōu
鼻子 bízi	鼻 / 鼻哥 beih/beihgō
舌頭 shétou	脷 leih
酒窩 jiǔwō	酒凹 jáunāp
痦子 wùzi	痣 / 癦 ji/ mák
耳朵 ěrduo	耳仔 yíhjái
耳垂 ěrchuí	耳珠 yíhjyū
劉海兒 liúhǎir	蔭 yām
鬢角 bìnjiǎo	滴水 dīkséui
脖子 bózi	頸 géng

二 手部主題名詞普粵對照表

普通話	粵語
肩膀 jiānbǎng	膊頭 boktàuh
手臂 / 胳膊 shǒubì/gēbo	手臂 sáubei
胳膊肘兒 gēbozhǒur	手踭 sáujāang
手腕 shǒuwàn	手腕 sáuwún
手掌 shǒuzhǎng	手掌 sáujéung
手心 shǒuxīn	手心 sáusām
手背 shǒubèi	手背 sáubui
手指 shǒuzhǐ	手指 sáují
大拇指 dàmǔzhǐ	手指公 sáujígūng
小指 xiǎozhǐ	手指尾 sáujímēi
指關節 zhǐguānjié	手指罅 sáujílit
指甲 zhǐjiǎ	指甲 jígaap

三　腳部主題名詞普粵對照表

普通話	粵語
腿 tuǐ	腳 geuk
大腿 dàtuǐ	大髀 daaihbéi
膝蓋 xīgài	膝頭 / 膝頭哥 sāttàuh/ sāttàuhgō
小腿 xiǎotuǐ	小腿 síutéui
小腿肚子 xiǎotuǐ dùzi	腳瓜瓤 geukgwālōng
腳脖子 jiǎobózi	腳腕 geuk’wún
腳掌 jiǎozhǎng	腳板 geukbáan
腳趾 jiǎozhǐ	腳趾 geukjí
大腳趾 dàjiǎozhǐ	腳趾公 geukjígūng
小趾 xiǎozhǐ	腳趾尾 geukjímēi
腳跟 jiǎogēn	腳踭 geukjāang
踝子骨 huáizigǔ	腳眼 geukngáahn

練習答案

頭部練習

一、(1) b (yǎngqǐ tǒu) (2)d (Yáo tóu huàng nǎo)
(3) e (dǎ kēshuì) (4) a (yáo tóu) (5) c (diǎn tóu)

二、1. F 2. E 3. D 4. C 5.A 6. B

三、1. C 2. B 3. A 4. B 5. A

四、1. 嚼不爛 2. 噎着了 3. 啃玉米 4. 照稿念
5. 繃着臉 6. 舔嘴唇 7. 親一下 8. 哄孩子

手部練習

一、1. 掐 2. 捏麵人 3. 掰手腕 4. 打 5. 碰 6. 搬 7. 摁 8. 搭 9. 夠

二、1. B 2. C 3. E 4. H 5. F 6. A

腿部練習

一、1. 搽腳 2. 踮 3. 浭 4. 踹 5. 跣；腳腕；扭親
6. 一字馬 7. 翹腳；膝頭哥

二、1. E 2. D 3. C 4. G 5. A 6. B

粵音系統對照表

聲母表

香港語言學學會	耶魯	黃錫凌	國際音標	廣州式	劉錫祥
b	b	b	p	b	b
c	ch	ts	tʃ'	c	ch
d	d	d	t	d	d
f	f	f	f	f	f
g	g	g	k	g	g
gw	gw	gw	kw	gu	gw
h	h	h	h	h	h
j	y	j	j	y	y
k	k	k	k'	k	k
kw	kw	kw	kw'	ku	kw
l	l	l	l	l	l
m	m	m	m	m	m
n	n	n	n	n	n
ng	ng	ŋ	ŋ	ng	ng
p	p	p	p'	p	p
s	s	s	ʃ	s	s
t	t	t	t'	t	t
w	w	w	w	w	w
z	j	dz	tʃ	z	j

韻母對照表

香港語言學學會	耶魯	黃錫凌	國際音標	廣州式	劉錫祥
aa	a	a	a	a	a
aai	aai	ai	ai	ai	aai
aau	aau	au	au	ao	aau
aam	aam	am	am	am	aam
aan	aan	an	an	an	aan
aang	aang	aŋ	aŋ	ang	aang
aap	aap	ap	ap	ab	aap
aat	aat	at	at	ad	aat
aak	aak	ak	ak	ag	aak
ai	ai	ɐi	ɐi	ei	ai
au	au	ɐu	ɐu	eo	au
am	am	ɐm	ɐm	em	am
an	an	ɐn	ɐn	en	an
ang	ang	ɐŋ	ɐŋ	eng	ang
ap	ap	ɐp	ɐp	eb	ap
at	at	ɐt	ɐt	ed	at
ak	ak	ɐk	ɐk	eg	ak
e	e	ɛ	ɛ	é	e
ei	ei	ei	ei	éi	ei
eu			ɛu		
em			ɛm		
eng	eng	ɛŋ	ɛŋ	éng	eng
ep			ɛp		
ek	ek	ɛk	ɛk	ég	ek
i	i	i	i	i	i
iu	iu	iu	iu	iu	iu
im	im	im	im	im	im
in	in	in	in	in	in
ing	ing	iŋ	Iŋ	ing	ing
ip	ip	ip	ip	ib	ip
it	it	it	it	id	it
ik	ik	ik	Ik	ig	ik
o	o	ɔ	ɔ	o	oh
oi	oi	ɔi	ɔi	oi	oi
ou	ou	ou	ou	ou	o
on	on	ɔn	ɔn	on	on
ong	ong	ɔŋ	ɔŋ	ong	ong

接上頁（韻母對照表）

香港語言學學會	耶魯	黃錫凌	國際音標	廣州式	劉錫祥
ot	ot	ɔt	ɔt	od	ot
ok	ok	ɔk	ɔk	og	ok
oe	eu	œ	œ	ê	euh
oeng	eung	œŋ	œŋ	êng	eung
oek	euk	œk	œk	êg	euk
eoi	eui	œy	Øy	êu	ui
eon	eun	œn	Øn	ên	un
eot	eut	œt	Øt	êd	ut
u	u	u	u	u	oo
ui	ui	ui	ui	ui	ooi
un	un	un	un	un	oon
ung	ung	uŋ	ʊŋ	ung	ung
ut	ut	ut	ut	ud	oot
uk	uk	uk	ʊk	ug	uk
yu	yu	y	y	ü	ue
yun	yun	yn	yn	ün	uen
yut	yut	yt	yt	üd	uet
m	m	m̩	m̩	m	m
ng	ng	ŋ	ŋ	ng	ng

聲調對照表

香港語言學學會	耶魯	黃錫凌	國際音標	廣州式	劉錫祥
1	ˉ	ˈ	1	1	1
2	ˊ	ˊ	2	2	2
3		ˉ	3	3	3
4	ˋh	ˌ	4	4	4
5	ˊh	ˏ	5	5	5
6	h	ˍ	6	6	6